バルセロナの宮廷にて

ユダヤ教とキリスト教の論争

The Disputation

ハイアム・マコービイ◆著
立花希一◆訳

ミルトス

登場人物（登場順）

ライムンド・ド・ペナフォルテ（ドミニコ会指導者）

ヨランダ（アラゴン国女王）

ハイメ一世（アラゴン国王）

ドン・アルコンスタンティーニ（ユダヤ人の廷臣）

従者

パブロ・クリスティアーニ（ドミニコ会托鉢修道士、ユダヤ教からの改宗者）

コンシュエロ（王の側室）

ユディット（モーゼス・ベン・ナフマンの娘）

モーゼス・ベン・ナフマン（ラビ）

王の家臣

時代　一二六三年

場所　アラゴン国王ハイメの宮廷および都市バルセロナのいくつかの場所

序　バルセロナ論争について

英国統一ヘブライ教会主席ラビ（博士）ジョナサン・サックス

『バルセロナの宮廷にて――ユダヤ教とキリスト教の論争』は、悲劇の結末ではあったが、中世におけるユダヤ人とキリスト教徒との間の最も魅力的な論戦のひとつであり、その論争をハイアム・マコービイが力強く再構成した戯曲である。

現代という遠く離れた時代にあって、中世の暗く危険な時代の雰囲気を再現するのは困難な作業である。一〇九六年に最初の十字軍が始まるが、その年、北フランスやラインラントのユダヤ人共同体では大量虐殺が行なわれ、ユダヤ人に対するキリスト教徒の態度は散発的ながら暴力的で悪意に満ちたものに変わった。一一四四年にはノリッジ（英国イースト・アングリア地方の古都）で、最初の有名な「血の中傷」事件が発生し、その後数世紀にわたり、血の儀式や聖餐式の冒涜を行なったとか、井戸に毒を投げ入れたなどとしてユダヤ人は誹謗された。このような誹謗・中傷は国々に広まり、その結果、流血の惨事となった。一二九〇年、英国は中世における最初のユダヤ人追放国家となり、この追放もまた次の二世紀にわたってヨーロッパ全土で繰り返された。

一二四〇年に始まる教皇グレゴリウス九世のタルムード禁止に引き続いて、一連の公開論争が開催され、ユダヤ人は、自分の信仰の擁護ではなく、キリスト教への改宗の前奏としてキリスト教の優位を認めさせる目的で召集された。ハイアム・マコービイは、彼の傑作『裁かれるユダヤ教』において、書かれた記録として残っている三つの機会（一二四〇年のパリ論争、一二六三年のバルセロナ論争、一四一三―一四年のトルトサ論争）について、興味深い解説を行なった。この三つの論争の中で最も注目に値するのが、この戯曲の主題となっているバルセロナ論争であった。

このバルセロナ論争に特有な要素は二つある。ひとつは、中世のユダヤ人における真の巨人のひとり、ラビ・モーゼス・ベン・ナフマン（ナフマニデス、略称ラムバン）の存在である。彼はタルムード学者、聖書注解者、医者、哲学者、神秘主義者で、ラビのユダヤ教の中で最も繊細で豊かな精神の持ち主のひとりであった。もうひとつは比較的自由な発言の存在である。その自由は、当時としてはかなり寛容で好感のもてる支配者のひとり、アラゴン国王ハイメがユダヤ人側に保証したものであった。

マコービイが示唆しているように、ナフマニデスが直面した本当のジレンマは、勝利と敗北のどちらがまだましなのかという難問であった。敗北すれば自分の信仰を裏切り、ユダヤの民の意気を消沈させることになりかねない。勝利し（キリスト教側の論者に恥をかかせれば）、自分自身やユダヤ人の共同体に対する報復はほぼ確実である。論争でまさに何が起きたかを確かめるのは難しい。キリスト教徒側とナフマニデス自身が書いた二つの説明が現存するが、この二つがまったく異なる絵柄を描いているのは言うまでもない。

けれども論争に続いて起きた事実はほぼ明らかである。論争が終わった当初、国王はナフマニデスに対して暖かく接し、褒美として金貨三〇〇枚を与えた。二年後、ドミニコ会側の巻き返しによって、ナフマニデスは七〇歳にして追放の身となった。彼はエルサレムに赴き、彼の経歴最後の大事業のひとつであるユダヤ人共同体の再建を行ない、イェシヴァー（ユダヤ教神学校）を設立したり、シナゴーグ（ユダヤ教会堂）を建設したりした。この会堂は今でも彼の名前に因んでラムバン・シナゴーグと呼ばれている。

マコービイの戯曲は正確な歴史叙述を意図したものではない。この戯曲は、一連のマコービイの著作――その強力な議論によって論争的な反響を呼んだ作品群――において彼自身の執筆動機となったいくつかの主要テーマを劇的に再構成したものである。そのテーマとは、反ユダヤ主義の神学的次元、キリスト教文学におけるユダヤ人の悪魔化、罪と咎の複雑な心理である。戯曲全体を通してナフマニデスによって示される勇気と尊厳は、思うに、この現実世界での救済を説く宗教としてのユダヤ教への愛をマコービイ自身が証言したものであろう。今もなお不正義と戦争で引き裂かれているこの世界にメシアの到来を告げることを拒否し、また、原罪ゆえに堕落し救済を必要としているという人間観にも抵抗している。われわれは、自らが選ぶところの者であり、「生を選びなさい」と今もなおモーゼから求められているのだ。

ヨーロッパに開放的な雰囲気が広がるのに長い年月がかかった。バルセロナ論争後数世紀にわたって、スペインにおけるユダヤ人の境遇は悪化の一途をたどった。反ユダヤ暴動があり、強制改宗があった。スペインの異端審問制度や「血の純潔」として知られる人種的反ユダヤ主義は、一四九二年、スペインのユダヤ人の国外追放において頂点に達したが、これは中世のユダヤ人にとって最も深い心の傷のひとつとなった。遂にホロコーストを経てようやく新たなキリスト教の教えが現れ、神と人々との間の最初のしかも連綿と続く契約を体現するユダヤ人とユダヤ教の統合の在り方が最終的に容認されるようになったのである。

バルセロナの宮廷にて／目次

第二幕

13 世紀後半のイベリア半島地図

バルセロナの宮廷にて

——ユダヤ教とキリスト教の論争——

第一幕

第一場

少年聖歌隊

声　被告人、ヘローナの司教は、アラゴン国王の王位を誹謗した廉(かど)で有罪である。本日、一二六三年六月二五日、アラゴン国王、ハイメ征服王の法令に基づき、罰として断舌刑に処する。それは反逆罪を永遠に思い知るためである。父なる神よ、赦したまえ。

アラゴン国王ハイメの宮廷にいるライムンド・ド・ペナフォルテ

ヨランダ女王登場

ヨランダ女王　ライムンド、この私にできることであれば言いなさい。

ライムンド・ド・ペナフォルテ　女王陛下、この深刻な状況をお伝えしないとしたら、私は怠慢の誹(そし)りを免れられないでしょう。

ヨランダ女王　私たち二人の罪の赦しを私に乞わせてください。ヘローナの司教の罪の重荷を私に肩代わりさせてください。

ライムンド・ド・ペナフォルテ　人の罪を引き受けることができるのは、キリストだけです。国王陛下が罪の赦しを乞わねばなりません。

ヨランダ女王　王は必ず罪の赦しを乞います。私が約束します。

ライムンド・ド・ペナフォルテ　国王陛下が破門されずに済んだのは、ローマ教皇ウルバヌスに対する私の仲介があったればこそのことです。

ヨランダ女王　それに対する私の感謝の気持ちは消えることはありません。（間）あの男は回復するでしょうか。

ライムンド・ド・ペナフォルテ　もちろんですとも。ヘローナの司教は、神の御加護で、きっと治ります。

ヨランダ女王　心から神に感謝を捧げます。私に王を満足させることができさえしていれば。私は邪魔者扱い。王は他の女に夢中なのです。私の影響力はますます薄れていく。

ライムンド・ド・ペナフォルテ　女王陛下が国王陛下を愛しておられるなら、またそのことを私はよく知っておるのですが、女王陛下はあらゆる手立てを用いて、キリストに対する国王陛下の信仰を強固にしなければなりません。と申しますのは、国王陛下の神聖さに関わる問題は、国王陛下の背信と司教排斥だけではありません。ユダヤ人を厚遇していることにもあるのです。

ヨランダ女王　そう、ユダヤ人。ハイメは今、弱い立場にあります。私たちの力が必要なのです。あらゆるキリスト教徒をひどく傷つけておられることを、王はきっとご存じです。

ライムンド・ド・ペナフォルテ　教皇はもっと積極的な役割を求めています。ユダヤ人をキリスト教徒に改宗させるために国王陛下がお払いになる真剣な努力を、です。（間）例えば、キリスト教徒とユダヤ人の論争とか。

ヨランダ女王　（興味をそそられつつも）それは難しいことです。王はパリの騒動に嫌悪しておられるのですから。

ライムンド・ド・ペナフォルテ　ローマ教皇庁は実行を要求しています。

ヨランダ女王　王の下に行きなさい。王はつねにあなたを重用しています。耳を傾けてもらえるでしょう。王が最終的に私たちと同じくらいに理解を深めさえすれば、王は、必ずやキリスト教を心底から受け入れるでしょう。罪を犯したことを王は知っておられるのですから。

ライムンド・ド・ペナフォルテ　（うやうやしく頭を下げて）女王陛下は相変わらず信仰に熱心であられます。

第二場

ハイメ国王、ライムンド・ド・ペナフォルテ、アルコンスタンティーニ、従者。
段平(だんびら)を携えたハイメ国王、従者を従えて登場。

ハイメ国王　これが目に入らぬか。そこの二人ともだ。段平はこうやって使うのじゃ。お前たち二人の年を合わせたところで、私にはかなうまい。内心、私を御しやすいと思っているのだろうが。

アルコンスタンティーニ　めっそうもございません、国王陛下。

ハイメ国王　おお、確かにそうだな。許すぞ、ライムンド、口を開いてもよいぞ。

ライムンド・ド・ペナフォルテ　バルセロナのユダヤ人地区から当然入ってくるべき税金に少し不足があるようでございます。

ハイメ国王　では調べよ。

ライムンド・ド・ペナフォルテ　この問題の追及につきましては、おそらく、アルコンスタンティーニ殿のほうが相応しいかと存じます。

ハイメ国王　ほとんどの場合、アルコンスタンティーニのほうが適任であろう。

ライムンド・ド・ペナフォルテ　（不機嫌になって）国王陛下、それは承服できかねます。しかしながら、この問題に限っては、まったく適切な措置と心得ます。彼自身ユダヤ人なのですから、不足の原因をうまく見つけることでしょう。

アルコンスタンティーニ　あるいは、実際には、ユダヤ人が支払うべき額を支払っていないなどと不当に告発されていないかどうかという判断もありうるかと。

ハイメ国王　二人とも、ささいなことで言い争うな。わかった。アルコンスタンティーニ、早速、この件を調査しなさい。次は何だ。

ライムンド・ド・ペナフォルテ　謀反と謀殺の罪で告発されたドン・オリヴァー・ナポリターノとドン・ホセ・ルイースは、国王陛下の王位転覆を企てたことを認めました。処罰の決定を待つばかりとなっております。

ハイメ国王　石打ちによる死刑じゃ。町の広場で焼き払え。彼らを拷問にかけるべきかもしれぬ。だが、私は野蛮ではない。打ち首にせよ。

ライムンド・ド・ペナフォルテ　拷問はしないのでしょうか。

ハイメ国王　そうだ。

ライムンド・ド・ペナフォルテ　彼らは陰謀の詳細についてまだ白状していないのです

が。

ハイメ国王　だめだ、拷問はだめだ。彼らといえども貴族だ。

ライムンド・ド・ペナフォルテ　フランスからユダヤ人が逃亡して国王陛下のアラゴン王国に潜伏するのを阻止するよう、ルイ・フランス国王が陛下に協力を求めております。

ハイメ国王　ユダヤ人はなぜ逃げ出しておるのじゃ。

ライムンド・ド・ペナフォルテ　彼らは強制的にキリスト教に改宗させられたにもかかわらず、ユダヤ教に戻ったのでございます。フランスでは、このような事態は、不幸なことに厳罰に処せられるのでございます。

ハイメ国王　ルイに手紙を送りなさい。これまでと同様、この問題について私の全面的な協力に頼ってよいと、また、ユダヤ人問題がいかなるものであろうとも、ユダヤ人に対する私の警戒は終生怠りないことを信頼してよいと伝えよ。数々の誘惑は確かにある。これはルイにもあてはまることだ。話は済んだかな？

従者　女王陛下が修道院での静修会からお戻りになられました。

ハイメ国王　おお、何てことだ。早く、私の背中を。

ハイメ国王、痛みで前かがみになる。王の背中をたたく従者。

ハイメ国王　もう少し下だ、下だ。もっと強く、強く。そう、そこだ、そこだ、うまい、うまい。この痛みから逃れるためなら、何だってする。

ライムンド・ド・ペナフォルテ　国王陛下、もう一件、ございます。

箱を見せるライムンド。

ハイメ国王　（箱に見とれて）すばらしい箱だ。マヨルカ産の最高級の黒檀（こくたん）でできているではないか。（箱を開ける）何ということだ、あの司教がこんな長い舌をもっているとは。これを町の広場にさらせ。

ライムンド・ド・ペナフォルテ　国王陛下、率直に申し上げます。

ハイメ国王　遠慮することはない。

ライムンド・ド・ペナフォルテ　教皇ウルバヌスは、憤慨しています。

ハイメ国王　ヘローナの司教は身から出た錆（さび）だ。この王に対して公然と異を唱えるべきではなかったのだ。

ライムンド・ド・ペナフォルテ　あの男は王の背信を批判したのでございます。

ハイメ国王　今や、口の利けない司教ではないか。

ライムンド・ド・ペナフォルテ　あの司教は今度の事件を国王陛下の教会に対する不熱心のさらなる証拠と感じたようです。彼は破門を進言したのです。

ハイメ国王　それはまずい。

ライムンド・ド・ペナフォルテ　平穏な決着を探りつつ、破門の先送りに成功しております。救世主が再臨されるようにと、国王陛下が、ユダヤ人のキリスト教への改宗に対してさらに積極的に関与していると教皇がみなしますれば、この処罰を再審する用意があるのは間違いないと思われます。

ハイメ国王　ユダヤ人が改宗するまでキリストが来ないとしたら、キリストは来ないも同然だ。

ライムンド・ド・ペナフォルテ　国王陛下、キリストの再臨は、真正な信仰の根本教義ですから、これをお疑いになりますと、永遠に地獄に落ちることになりかねません。

ハイメ国王　おお、もちろんだとも。そんなつもりで言ったのではないぞ、ライムンド。キリストの再臨は十分よく承知している。だが、先にユダヤ人を改宗させなければならないとすれば……。

ライムンド・ド・ペナフォルテ　ユダヤ人の改宗は聖書が保証しております。

ハイメ国王　ライムンド、ユダヤ人がいつか改宗することは知っている。しかし問題は、人為的な手段で改宗するのか、それとも神の力で改宗するのかということだ。お前よりも私のほうがユダヤ人のことをよく知っている。彼らは、私の書記であり、医者であり、従者なのだ。彼らをキリスト教に改宗させるには奇跡が必要だと言っているのだ。いまいましいほど、彼らは確固たる信仰をもっている。しかも、彼らは地獄の存在を信じていない。地獄を恐れない者をどうやって改宗させるというのだ。

ライムンド・ド・ペナフォルテ　国王陛下、ユダヤ人との長い交わりと過度な信頼が陛下の目を曇らせているのではないかと思われます。神の御加護により、ユダヤ人の影響を陛下から取り除くことが私にできればと存じます。近頃、陛下のユダヤ人廷臣の数が多少なりとも減ったと聞いて、教皇聖下は喜んでおられます。

ハイメ国王　そうか。だが、ユダヤ人との関係を完全に絶つことは私にはできない。私の身辺の世話をユダヤ人の他に誰がするというのだ。

ライムンド・ド・ペナフォルテ　陛下の臣下であるスペインの貴族たちがおりましょう。

ハイメ国王　悪い冗談はよせ。貴族たちは私に謀反を企てるとき以外は、無能な輩だ。あいにくムーア人との戦いが終わって久しい。戦争が厄介者たちを忙殺させていたのに。今では、私は鷹のように彼らを監視していなければならないのだ。

ライムンド・ド・ペナフォルテ　だからこそ教皇を陛下のお味方にする大きな理由があるのです。貴族には、陛下と教会の双方に対抗するだけの力はありません。差し迫った危機を好機に転じる情報源を得ております。

ハイメ国王　な、何と、ライムンド、お前はユダヤ人のように賢いではないか。ヘブライ語を学んでいるからに相違ない。

ライムンド・ド・ペナフォルテ　陛下はご存じでしょうが、私がヘブライ語の勉強に努めているのは、ユダヤ人をキリスト教徒に改宗させる目的をさらに推し進めるためです。不信仰に対してはそれ自身の武器で戦わねばなりません。陛下の町々からユダヤ人顧問をなくすだけではもはや十分ではありません。陛下自身、それを遵守しなければなりますまい。

ハイメ国王　ライムンド、私の抱えるユダヤ人顧問が物質上の事柄にとって欠かせない存在だということを理解しなければならない。ユダヤ人でないと駄目なのだ。彼らはとても有能な顧問であり、しかも歓心を買おうとして懸命に努める。もちろん、宗教を除けば、の話だが。確かにユダヤ人が人口に占める割合はほんの僅かだ。だが、彼らは税金の六割も納めている。私はそれを高く買っている。これを手放すのはたいへんな痛手なのだ。

ライムンド・ド・ペナフォルテ　陛下の魂の救済に関わる事柄がうまく行きさえすれば、

陛下の王国における物質上の些細な混乱はじきにおさまるでしょう。教皇聖下は、財政上の援助もする用意がございます。ユダヤ人はもはや不要なのです。教会は、聖俗問わずどんな事柄に対しても助言を行ないます。陛下が、陛下の内なるキリスト者に向き合いますれば……

ハイメ国王　私は誠実なキリスト教徒とはとても言い難い。私の懺悔の手伝いをしてくれるそなたのような聴聞司祭をもつ私は幸せ者だ。（間）ライムンド、地獄の火から免れるのに私はまだ間に合うと本気で思っているだろうね。

ライムンド・ド・ペナフォルテ　地獄を恐れる気持ちがある限り、地獄を免れる機会はございます。キリストの受難は、悔い改めるすべての罪人を贖ってくださいます。

ハイメ国王　悔い改めがどんなに遅くなっても、か？

ライムンド・ド・ペナフォルテ　心底から救済を求めるならば、受け入れてもらえるでしょう。

ハイメ国王　信ずることができればいいのだが。私が真の改悛者なのか自分でも確信がもてないのだ。若さと健康が息を吹き返すならば、私は再び罪を犯してしまうだろう。ぎりぎりまで甘美な罪にしがみつく一方で、最後には天国に忍び込もうと考えている私は、年老いた偽善者に他ならない。

ライムンド・ド・ペナフォルテ　打ちひしがれた心をもって神の恩寵を求めるようにと、神は大いなる慈悲をもって、私たちに老いや病気をもたらすのです。

ハイメ国王　だとすれば、神は私にとても慈悲深いということになる。私は身体じゅう病気だらけだからな。ライムンド、ユダヤ人の医者を諦めることなど私にはできぬ。

ライムンド・ド・ペナフォルテ　陛下、宗教上の善行についてお考えください。教皇は、すべてのキリスト教徒に対してユダヤ人の医者にかかるのを禁じているではありませんか。

ハイメ国王　もしそなたに、ユダヤ人を一人残らずキリスト教徒に改宗させることができたら、現在のユダヤ人医者を私は引き続き抱えていられるだろう。それとも、ユダヤ人は改宗したとたんに藪医者になるとでもいうのか。(王、笑い出す) あい、わかった。そなたの言うとおり、率直に語り合おうではないか。ローマ教皇庁の望みは何だ。

ライムンド・ド・ペナフォルテ　第一に、すべてのユダヤ人顧問、助言者、行政官、医者を解雇することです。次に、ヘローナ司教事件で陛下が罪の赦しを乞うことです。教皇は、それを評価し見返りとして、陛下に敵対する貴族との闘争において陛下のお味方になるでしょう。さらに、教皇聖下は快く陛下の破門を減刑し、訓戒となるでしょう。

ハイメ国王　その訓戒は文書なのかそれとも口頭なのか。

ライムンド・ド・ペナフォルテ　口頭です。文書などではまったくありません。

ハイメ国王　他に何かあるのか。

ライムンド・ド・ペナフォルテ　陛下が女王陛下にお与えになっている苦痛を考慮していただきたいのでございます。女王陛下は神経が高ぶっておいでです。

沈黙する王

ライムンド・ド・ペナフォルテ　教皇ウルバヌス聖下は、論争の開催も望んでいます。

ハイメ国王　論争だと？　だめだ、だめだ、けっしてうまく行かない。パリで起きたことを見よ。改宗どころか、あまりに多くの死者が出ただけだ。

ライムンド・ド・ペナフォルテ　陛下、これまでの論争はやり方がまずかったからだと思われます。

ハイメ国王　どうまずかったのだ。

ライムンド・ド・ペナフォルテ　最大の失敗は、ユダヤ精神に関する十分な知識をもたないまま、ユダヤ人との論争を試みたことです。ユダヤ人を力づくで、キリストの王国に至らせることはできません。まさにユダヤ人の心に訴えて説得しなければならないのです。

ハイメ国王　では、それをどうやってやるというのだ。（ラテン語による祈りの響き）

ライムンド・ド・ペナフォルテ　陛下、思い出してください。私たちはこれまでまったく不成功に終わっているわけではないのです。何人かの非常に学識のあるユダヤ人を改宗させるのに成功しており、しかも彼らは今や私たちの学院に光彩を添えています。とりわけ、私たちが大切にしている修道士パブロ・クリスティアーニがいます。

第三場

パブロ・クリスティアーニ、ひざまずいて祈りを捧げている。ラテン語の祈りは彼の声である。

ライムンド・ド・ペナフォルテ　ユダヤ的な思想や崇拝に染まっていたこのような男を改宗させることができたのであれば、改宗を拒むようなユダヤ人は一人としておりません。まさに、パブロ・クリスティアーニは、ユダヤ人の改宗のカギとなる人物です。彼こそが今回の論争におけるキリスト教側の代表者です。

ハイメ国王　何だって。そなた自身ではないのか。

ライムンド・ド・ペナフォルテ　私でないことは確かです。ユダヤ人は私を見たら、敵対者とみなします。そのことが致命的な失敗になるでしょう。

ハイメ国王　なるほど。かつてユダヤ人だった者をユダヤ人と論争させるということか。実に賢い、ライムンド。

ライムンド・ド・ペナフォルテ　陛下、光栄にございます。しかしながら、あまり買いかぶらないでいただきたく存じます。もし私自身が論争を行なったら成功の見込みはないと、悟る分別があるだけでございます。ユダヤ人はユダヤ人の同胞の一人によってキリストに導かれなければなりません。しかも、適切に理解されますならば、私たちの宗教の真理性を確証するはずの彼ら自身の聖書によって、キリストに導かれなければなりません。彼らがすでに保持している旧約聖書とタルムードという彼らの宝物によって説得されなければならないのです。

溶暗し、引き続き熱心な祈りに没頭しているパブロ・クリスティアーニだけに照明があたる。

ハイメ国王　だが、タルムードは冒涜と魔術に満ちた忌み嫌うべき本だと、学者や聖者からしばしば聞かされてきたではないか。

ライムンド・ド・ペナフォルテ　それは無知から生じた言いがかりでございます。タルムードは、部分的には立派な聖なる作品で、旧約聖書と同様、キリストの受肉を証言しています。これまでの論争が失敗したのは、ユダヤ人が愛し尊重しているタルムードを決まって非難してきたからです。

今回、初めて、ユダヤ人は、ユダヤ人と同じくらいタルムードを知りかつ愛している人物に出会うのです。

沈黙

ハイメ国王　見事な対決だ。公正な戦いだ。教皇が望んでいるのはこれなのだな。気に入った。同意しよう。

ライムンド・ド・ペナフォルテ　陛下、とても素晴らしいご判断でございます。

ライムンドが退出すると、別の場所からコンシュエロが入室を告げながら入ってくる。

コンシュエロ　ライムンドはいなくなった？

ライムンドが戻ってきて、コンシュエロを見る。

ライムンド・ド・ペナフォルテ　パブロ・クリスティアーニは、イスラエルの残りの者を母なる教会の手に導くでしょう。そこで救世主キリストは地上に降臨し、キリストの偉大なしもべであるハイメ征服王の知恵と徳によってこの論争が生まれたことに対して、陛下を祝福なさることでしょう。

ハイメ国王　そして私のあらゆる罪が赦されるというわけか。

ライムンド・ド・ペナフォルテ、退出する。

コンシュエロ　あの男は信頼できないわ。私を追い払おうとしているの。

ハイメ国王　お前は何を期待しているのだ。彼は聖人なのだよ。

コンシュエロ　お疲れのようね。こっちに来て、私にもませて。

ハイメ国王　お前はここにいないほうがいいだろう。少なくとも今度の論争の間は。

コンシュエロ　いやよ。あなたには私が必要だもの。

コンシュエロ、王の両肩をもみながら、王に口づけをする。王は情熱的に応じる。が、すぐに、王、コンシュエロから離れる。

コンシュエロ　どうなさったの?

ハイメ国王　二人のしていること、お前は心配ではないのか。

コンシュエロ　ちっとも。

ハイメ国王　私は恐ろしいのだ。

コンシュエロ　ムーア人の征服者にも怖いことがあるの？

ハイメ国王　私は戦争を一度も恐れたことはない。地獄が怖いのだ。

コンシュエロ　だから教会があるのよ。私たちを地獄から救ってくれない司教、司祭、聴聞司祭なんて意味がないわ。私たちを救ってくれる教会がなかったら、私たちにこんなことできるかしら？

コンシュエロ、王に口づけをする。

ハイメ国王　そのためにユダヤ人を改宗させようとしているのだろうか？　ユダヤ人を罪深いキリスト教徒にするために。

コンシュエロ　ユダヤ人は改宗なんて絶対にしないわ。

ハイメ国王　どうしてそう言い切れるのだ。

コンシュエロ　ユダヤ人は存在しなければならないの。ユダヤ人は世界の一部。悪魔だってそう。悪魔を改宗させることなどできないでしょう？

ハイメ国王　たぶんな。

コンシュエロ　悪魔がいなくなったら、教皇たちすべての聖職者は失業よ。悪魔もいない、罪もない、懺悔もない世界などありえない。あなたがお望みなら論争が行なわれてもいいけど。

ハイメ国王　時間の無駄だと思っているのだな。

コンシュエロ　そうでもないわ。ユダヤ人を改宗させようと必死になる聖職者たちの姿を見るのは面白そうだし。サーカスよりましだわ。でも、ハイメ、論争は間違いよ。ユダヤ人を負かすことなどできないもの。彼らはとてもずる賢い。魔法の秘密を熟知している。ユダヤ人にできないことはないの。

ハイメ国王　無邪気な、迷信深い女だな。ユダヤ人もごく普通の人間で、ただ神学上のいくつかの点でたまたま誤っているだけだ。それを正してあげるのだ。

コンシュエロ　ユダヤ人がキリストを殺したこと。これは神学ではないわ。だからユダヤ人は悪魔の国に連れて行かれて、そこで魔力を授かった。だからユダヤ人はいろいろな事ができるのよ。

ハイメ国王　ではなおさら、ユダヤ人を悪魔の手から救い出さなければならぬ。

コンシュエロ　そんなことをしたら、バランスが崩れちゃうわ。

ハイメ国王　いったい何が言いたいのだ?

コンシュエロ　私たちキリスト教徒は、最愛のキリストただ一人によって地獄から救われる、そうでしょう？

ハイメ国王　そうだ。

コンシュエロ　もしキリストが磔にならなかったら、私たちは救われないはずよね。

ハイメ国王　そうだな。

コンシュエロ　じゃあ、誰がイエスを殺したの？　ユダヤ人よ。わからないかしら。すべてのユダヤ人がキリスト教徒になってしまったら、誰が私たちのためにイエスを磔にしてくれるというの？

沈黙

ハイメ国王　お前は独特の神学をもっているようだ。それでも私たちは、ユダヤ人の改宗に努めねばならない。キリストが再臨し、最後の審判の日が到来するためだ。

コンシュエロ　何のために？

ハイメ国王　キリストの再臨だろう？　キリスト教徒なら誰もが待ち望んでいることではないか。

コンシュエロ　私は再臨なんか待ち望んでいない。再臨と一緒に最後の審判の日が来るとしても、望まないわ。私は今のままがいいの。キリストは私たちを救ってくれている。そしてユダヤ人は、私たちよりはるかに邪悪な存在であることによって私たちの重荷を取り除いてくれているの。ユダヤ人が改宗して、キリスト教徒になって、キリストが戻ってきたとしたら、どうなると思う？　キリストは私たちすべてを平等に裁くでしょう？　ユダヤ人に対しても同様に。キリストの裁きが、どうしてわかるのかって？　ユダヤ人は私たちにとって安全装置なの。ユダヤ人は、雷雨の時、雷をよけてくれる木のようなもの。

ハイメ国王　賢い女だ。それでも、教皇は論争を開催するだろう。キリストの再臨はいいことにちがいない。とにかく、私にとっては、いいことなのだ。

コンシュエロ　多分、私にはあまりいいことではないわ。キリスト教徒らしからぬ人にとって、論争は危険だそうよ。パリで論争が行なわれたとき、そうだったらしい……

ハイメ国王　フランス人は野獣だからな。私はもっと洗練した論争を行なう。暴力禁止だ。（コンシュエロを腕に抱いて）この暴力禁止法を犯した者を、私は真っ先に死刑にしてやる。

従者、入室。

第四場

従者　女王陛下、御入室。

コンシュエロ、立ち去る

ヨランダ女王、登場

ヨランダ女王　ハイメ、良き計らいをしてくださいました。

ハイメ国王　女王の口からお褒めの言葉とは。

ヨランダ女王　今こそ、偉大な王としてその名を歴史に残すでしょう。偉大なカトリック王として。

ハイメ国王　ユダヤ人びいきの、好色漢としてではなく?

ヨランダ女王　女ぐせの悪さについては、あなたの良心とあなたの聴聞司祭に委ねています。ユダヤ人への愛については、彼らの疑わしい才能を利用するのではなく、彼らの魂の救済に努めることによって今こそ真の愛を示しています。ユダヤ人を天国に入らせることによってあなたが彼らにもたらす幸福について考えてくださいませ。

ハイメ国王　論争によって、ユダヤ人が改宗しなかったとしたら？

ヨランダ女王　パブロ・クリスティアーニは、タルムードをよく知っています。彼が、あのラビを改宗させれば、ユダヤ人は残らず改宗するでしょう。

ハイメ国王　どんなラビだ？

ヨランダ女王　ユダヤ人が特に尊敬しているラビがいます。

祈りを捧げているラビに照明があたる。

ハイメ国王　ユダヤ人が誰かを尊敬するとは思いもよらなかった。

ヨランダ女王　ユダヤ人があまり尊敬の念をもたないことは一般的には正しいことです。尊敬はキリスト教の徳のひとつです。でも、ユダヤ人の中においても、尊敬を集める人物がときどき現れます。その場合、彼らの尊敬の念はとても大きいのです。このような人物が今いるのです。

ハイメ国王　それは誰だ？

ヨランダ女王　ラビ・モーゼス・ベン・ナフマンです。

ヨランダ女王　もし彼が改宗すれば、すべてのユダヤ人が改宗するでしょう。ラビ・モーゼスがカギとなる人物だと私たちは確信しています。

ハイメ国王　（ラビにあたっていた照明が溶明）私たちだと？　私たちとは誰のことだ？　そなたは、ライムンドと同じくらい、ユダヤ人についてよく知っているようだな。

ヨランダ女王　ユダヤ人を改宗させるには、できる限りのことを知らなければなりません。（間）ハイメ、あなたはこの神聖な使命の重要性を認識しなければなりませぬ。アラゴン国からあらゆる不信仰者を一掃するために神はあなたを召し出されたのです。そして、アラゴン国の次は、スペイン全土です。

ハイメ国王　スペイン全土を征服するには私は年をとり過ぎた。

ヨランダ女王　あのラビが改宗しさえすれば、あなたは矢を一本たりとも放つ必要がありません。

ヨランダ女王、ハイメの手を取り、近くに引き寄せる。ハイメの態度は冷たいが、手を引っ込めようとはしない。

ハイメ国王　そなたはとても生真面目な女性だ。

ヨランダ女王　そう気づくのに手間取りましたね。

ヨランダ女王、情欲的に夫の手に口づけする。手を引っ込める夫。

ハイメ国王　ずっと気づいておった。しかし、男がつねに生真面目な女を求めるとは限らんのだ。（間）そのラビの改宗に失敗したら、どうなるのじゃ？

ヨランダ女王　その時は、別の手段に訴えなければなりません。

ハイメ国王　そなたのユダヤ人に対する真の愛は実に大きいものだ。

ヨランダ女王、退出。

第五場

モーゼス・ベン・ナフマンの自宅。モーゼス、食卓で本を読んでいる。ユディット、登場。

ユディット　お父様、外に一人、少年がいます。

モーゼス・ベン・ナフマン　病気の子か？

ユディット　病気を診てもらいに来たのではありません。自分は異端審問にかけられると言っています。

モーゼス・ベン・ナフマン　どこから来たというのだ。

ユディット　フランスから逃れてきたそうです。誰にも憚ることなくユダヤ人でいられる国に行けるお手伝いをしてあげましょう、と彼にそう言いました。キリスト教ではない国、モロッコ、あるいはもっといいのは、聖地。

ドアを叩く音

全員、凍りつく。モーゼス、ユディットにうなずく。ユディット、ドアを開ける。ドン・アルコンスタンティーニ、入室。ユディットに会釈をする。ユディット、軽く会釈をする。二人に間には男女の緊張感がある。

ドン・アルコンスタンティーニ　ラビのあなたに話があります。（王の命令書をラビに手渡す）

モーゼス・ベン・ナフマン　アルコンスタンティーニ殿、ご多忙のところ、時間を割いてよくいらしてくれました。（ラビ、命令書を読む）

アルコンスタンティーニ　改宗者のパブロ・クリスティアーニがあなたの論争相手に選ばれました。ラビ、これまでわれわれの間に見解の相違があったことは認めますが、今度の論争では、われわれの一致団結した行動が肝要です。

モーゼス・ベン・ナフマン　あなたと協力し合えたら、何と喜ばしいことでしょう。

ラビ、ユディットに王の命令書を読むように渡す。

アルコンスタンティーニ　われわれの多くは、今こそユダヤ人の間に基盤となる力を確立する時だと思っています。ラビたちの要請によりいつもわれわれは先送りにしてきました。今回のような論争があるたびにわれわれは覚醒をずっと待ち望んできたのです。ラビ、私はかつてユダヤ人共同体を率いる申し出をしたことがあります。われわれは自分たちの手でより良い組織を作らねばなりません。

モーゼス・ベン・ナフマン　われわれのまとまりは宗教に存するのであって、何らかの傑出した個人や家に権力を賦与することにあるのではありません。たとえアルコンスタンティーニ家だとしても。

アルコンスタンティーニ　わが家系は、ダビデ家の子孫です。

モーゼス・ベン・ナフマン　全イスラエルが王の子らだと、ラビ・アキバは、そう語っています。

アルコンスタンティーニ　現国王はつねに相談役の助言を守ってきました。ところが今や、王はどうも聖人の地位を求めているようなのです。これがユダヤ人に対してどのような意味をもつことになるのかわれわれにはわかるはずです。

ユディット　私たちに向けられてきたのは、財産の没収、追放、暴力。

アルコンスタンティーニ　ユダヤ人全体の繁栄に終止符が打たれる。今回の論争は私に深刻な打撃を与えるでしょう。われわれユダヤ人の地主や商人は、王の慈悲に頼っています。われわれが同胞のユダヤ人にしてやれる善意もすべて王に依存しているのです。われわれはひじょうに用心深い策を採らなければなりません。

モーゼス・ベン・ナフマン　承知しています。あなたが述べたまさにその理由で私もキリスト教徒とは論争したくないのです。しかしながら、われわれは神の御手に委ねられています。私は王から出席せよとの命令を受け取ってしまったのです。

アルコンスタンティーニ　この難題全体を回避する機会があるかもしれません。私の友人たちがこの案件に関わっています。あちこちで声をあげてもらう。好意を示せば、好意が約束される。私自身、宮廷で王に聞いてもらえる立場にあるので、有効な言葉を述べることができるかもしれません。

モーゼス・ベン・ナフマン　あなたの努力が実ることを期待しています。

アルコンスタンティーニ　私の策がうまくいかず、あなたが論争に参加しなければならなくなったとしたら、大切なことは攻撃的な発言をしないことです。

モーゼス・ベン・ナフマン　それが容易ではないのです。

アルコンスタンティーニ　論議を引き起こすような事柄は避けてください。神に対する冒涜の嫌疑からユダヤ教を弁護することに終始しましょう。キリスト教が間違った宗教であると言わないことです。彼らには彼らの宗教があり、われわれにはわれわれの宗教がある。彼らの宗教について語らなければ語らないほど、いいでしょう。

モーゼス・ベン・ナフマン　キリスト教に対する発言を強要された場合、キリスト教について重要な点を何も言わないとしたら、ユダヤ教に対して公正さを欠くことになってしまいます。

アルコンスタンティーニ　発言によって生じる危険性を十分に考慮してください。

モーゼス・ベン・ナフマン　発言しないことによって生じる危険性も考慮しなければならないのです。

アルコンスタンティーニ　あなたはすべてのユダヤ人に対して大きな責任があります。どうか殉教者にだけはならないでください。われわれ残りの者を殉教者に仕立てあげないでください。

モーゼス・ベン・ナフマン　そんな愚かなことをするつもりはありません。私は自分の見通しに基づいて、自分で判断しなければならないのです。

アルコンスタンティーニ　ひょっとすると、逃亡を考えているのでは？

モーゼス・ベン・ナフマン　それはありません。私がここにいても、いなくても、論争は開催されるのです。

アルコンスタンティーニ　誰か他の人が代わりを務めるということですか。

ユディット　私の父の代わりを務めることができる人などいません。モーゼス・ベン・ナフマンに代わる人はいないのです。

モーゼス・ベン・ナフマン　何といい娘だ。

アルコンスタンティーニ　誰がそこに居合わせるかも問題になりますか？　ライムンド・ド・ペナフォルテやパブロ・クリスティアーニは、あなたの発言を察知するでしょうか？　あまり学識のない口下手な人があなたの代わりをしたら、大きな相違が生じますか？　いずれにせよ、彼らは、あなたが発言を許される範囲を大幅に制限してくるでしょう。彼らはあなたの改宗を目論んでいるのですが、あなたが改宗を拒んだら……

モーゼス・ベン・ナフマン　王が私に出席を要求しているのです。われわれは神の御手に委ねられています。アルコンスタンティーニ殿、あなたのお気遣いには感謝します。

モーゼス・ベン・ナフマン、退場。

アルコンスタンティーニ　今回の論争は、あなたのお父様とラビ・ヨナやラビ・ゼラキアとの論争とは質的に異なります。

ユディット　それらの論争もかなり激しいものでした。

アルコンスタンティーニ　しかし、それらは主の内なる戦いであって、流血などありませんでした。今回はそれとは違います。お父様は用心せねばなりません。忘れてならないことは、われわれの誰もが彼を必要としています。みんなが心配しているのです。

ユディット　父はどう対処すべきかわきまえているはずです。（間）アルコンスタンティーニ様、フランスから逃れてきたユダヤ人の少年が外で待っています。彼には援助が必要です……

アルコンスタンティーニ　なんてことだ、だめだ。私はここにいるべきではなかった。そんなことに関われるはずがないではないか……宮廷での私の立場が……この種のことには立ち入らないことが肝心なのだ。（急に恥ずかしくなって）何が必要なのか。

ユディット　お金です。

アルコンスタンティーニ　お金だって。

ユディット　移動の費用と賄賂のためです。あの子はこの国を立ち去る必要があります。

アルコンスタンティーニ　わかった。私が言いたかったのはあまり深入りすべきではないということだ。

アルコンスタンティーニ、お金の入った小物入れに手を入れる。若干の硬貨の袋をユディットに渡す。

ユディット　ありがとうございます。いいことをしてくださいました。
アルコンスタンティーニ　私の善行はどこでも評判なのだ。
気まずい沈黙
アルコンスタンティーニ　ユディット、あなたに贈り物があるのだが。
シルクの赤い反物を見せる。
気まずい沈黙
アルコンスタンティーニ　シルクです。私の月々の給料の一部として最初に選んだものです。
ユディット　受け取るわけにはまいりません。
アルコンスタンティーニ　どうか受け取ってください。今回だけなのだから。
ユディット　いけませんわ。
アルコンスタンティーニ　あなたに受け取ってもらうだけで私はうれしいのです。

ユディット　それなら、なおさらのことです。

アルコンスタンティーニ　どうしてなのか、その理由を言ってください。

ユディット　私はラビの娘で、あなたは廷臣。廷臣は確かに素晴らしいことですが、私は学者の家の娘です。何世代にもわたる学者の家なのです。学者との結婚が周りから期待されています。

アルコンスタンティーニ　誰にでも学問をする余暇があるわけではないのです。共同体にはさまざまな仕事が必要です。しかも、私は、研究を続けられるようにと多くの学者に経済的援助もしてきました。ゼブルンがイッサカルを援助したように。（ユディット、彼の学問に対する誇示にやや驚いて顔を見上げる。アルコンスタンティーニ、うなずく）学者への援助が学者になるのと同じくらい賞賛に値するということがわかるくらいには、私はタルムードを学びました。学者との結婚を命ずる律法はどこにもないのです。

ユディット　アルコンスタンティーニ様、もし私が結婚するなら、その時には学者と結婚します。

感情を傷つけられたアルコンスタンティーニは首を振る。

気まずい沈黙

ユディット　あの少年を助けなければなりません。

アルコンスタンティーニ　（心の痛みが怒りに変わって）外国人をスペインから密かに脱出させることでわれわれの財産をさらに危険にさらすというのですか。

ユディット　外国人ではなく、ユダヤ人です。

アルコンスタンティーニ　彼らはフランス人だ。われわれの問題ではない。

ユディット　でも……

アルコンスタンティーニ　（ユディットの意見を無視して）彼らは外国から指名手配を受けている犯罪者で、しかもその国の国王はわれわれの盟友なのだ。

ユディット　彼らはユダヤ人で、私たちの援助がないと殺されてしまいます。あなたは、ただ自分の富と宮廷での地位を失うことを恐れているだけです。あなたは心配するふりをしているだけで、まったく気にもかけていないのです。

アルコンスタンティーニ　私はユダヤの民の指導者だ。

ユディット　ユダヤ人に対する影響力を誇示するあなたにはうんざりです。あなたは戒律を単なる慣習と見なしているだけ。あなたは賢者の言葉を嘲り、神との関係より蓄財に目が眩(くら)んでいる。

アルコンスタンティーニはショックを受けるが、ユディットの情熱には心を動かされる。

アルコンスタンティーニ　私に対するあなたの軽蔑が実に深いことがようやくわかった。あなたはまだ若い。何でもわかっているわけではない。あなたはお父様に聞いてもらえる立場にあるのだから、キリスト教徒との論争の際、くれぐれも注意するように進言してもらいたい。もうひとつ、出国の幇助(ほうじょ)という内密の仕事は止めたほうがいい。この国で起こることはすべてドミニコ会に筒抜けだ。われわれが用心を怠ればたちまち、ユダヤの民は死に絶えてしまう。そのこともお父様に伝えるがよい。

アルコンスタンティーニ、退場。モーゼス、再登場。

ユディット　偉いお方の訪問をまた受けてしまいました。

モーゼス・ベン・ナフマン　あの男はできることしかしない。そなたをないがしろにはけっしてしない。

ユディット　私以外に対しては？　（間）あの人のほうが正しいのかしら？　今は本当に

とても危険なのでしょうか？

モーゼス・ベン・ナフマン　判断が難しいところだ。

ユディット　もしかしてお父様は逃げたほうがいいのかも……

モーゼス・ベン・ナフマン　国王が私の出席を命じているのだ。どうして拒むことができようか。そなたの意志を私に止めることができるかね。

ユディット　そんなことは……（二人は互いに顔を見合わせ、抱き合う）

モーゼス・ベン・ナフマン　われわれは神の御手に委ねられている。

ユディット　今回の論争はまったく馬鹿げています。偉大なラムバン、ラビ・モーゼス・ベン・ナフマンに、私たちの聖書の意味を教えようというのだから。私たちの聖書をまるで理解していないとラビ・モーゼス・ナフマンは宣告され、そして、もしラビ・モーゼス・ナフマンが理解したら、キリスト教徒になるというの？　神が禁じているのに。笑わせるわ。論争相手は誰ですって？　背教者、パブロ・クリスティアーニ。タラスコンのラビ・エリエゼルの所で劣等生だった男。ラビ・エリエゼルといえば、われらのラビ、モーゼス・ナフマンの言葉をまるで自分がシナイ山にいるかのように拝聴していた人。パブロ・クリスティアーニは七年間学んだあげく、無知蒙昧になったのよ。まったく狂気の沙汰。

モーゼス・ベン・ナフマン　ムーア人との戦争が彼らを忙殺してきた。殺す相手のムーア人がいなくなったので、今やわれわれにその矛先を向けてきたのだ。

ユディット　きっとそうだわ。そして今度の戦士はドミニコ会の人たち。修道士はどこにでもいる。ドミニコ会、フランシスコ会。彼らは互いに憎しみあっているけど、まったく同じ連中。

モーゼス・ベン・ナフマン　ユダヤ人をキリスト教に改宗させる大義では全員一致している。

ユディット　「どうしてキリスト教徒にならないのか」と彼らは知りたがる。先祖が紅海を渡ったからなのかと。「救われたくないのか」と尋ねてくる。私が救われたいのはただひとつ、ドミニコ会からの危害よ。

モーゼス、祈祷用の肩掛け（タリット）をまとう。

モーゼス・ベン・ナフマン　（朝の祈りを捧げる）アシュレイ、ヨシュヴェイ、ヴェイテハー、オッド、イェハラルハー、セラ（幸いです、あなたの家に住む者たちは、さらにあなたを賛美する者たちは。セラ）

モーゼス、残りの祈りをつぶやき、立祷（アミダー）のために無言で何度か頭を下げる。

第六場

ハイメ国王の宮廷にあるキリスト教至聖所。
ライムンド・ド・ペナフォルテ、祈祷台の上でひざまずいている。
パブロ・クリスティアーニ登場

パブロ・クリスティアーニ　兄弟ライムンド?
ライムンド・ド・ペナフォルテ　おお、兄弟パブロ、赦してくれ。
パブロ・クリスティアーニ　何をおっしゃいます。あなたのお考えは、キリスト教国全体はおろかその外にまで広まっています。世界的な神の宣教活動は現在着々と進んでいます。しかもその立案者があなたなのです。

パブロ、ライムンドの横にひざまずき、胸の前で十字をきる。

ライムンド・ド・ペナフォルテ　私の計画があまりに稀有壮大だとしたら、あなたの批判を甘んじて受けます、兄弟パブロ。

パブロ・クリスティアーニ　私の批判ですって？

ライムンド・ド・ペナフォルテ　それは当然のことです。

パブロ・クリスティアーニ　稀有壮大だなんてことはありません。でも、少し楽観し過ぎているかもしれません。あなたは、理性の力を大いに信じています。しかしながら、ユダヤ人が、結局のところ、理性に心を動かされないとしたらどうなるでしょうか。

ライムンド・ド・ペナフォルテ　あなたは論争に対して懐疑的なのですか。

パブロ・クリスティアーニ　とんでもない、論争の準備はできています。ただ、私の目的があなたの目的とは若干、異なるように思うのです。

ライムンド・ド・ペナフォルテ　どのように？

パブロ・クリスティアーニ　私は論争が圧力をかける方法のひとつだと思っています。

ライムンド・ド・ペナフォルテ　確かに、理性自身が最大の圧力だが。

パブロ・クリスティアーニ　発言の主（ぬし）が問題なのです。

ライムンド・ド・ペナフォルテ　理性は理性です。

パブロ・クリスティアーニ　力の裏づけがなければどんな理屈も無力です。

ライムンド・ド・ペナフォルテ　あなたをユダヤ人からキリスト教徒にしたのは、キリストの論拠というより、キリスト教の力だったというのですか。

パブロ・クリスティアーニ　力自体が最善の論証です。（間）私の家族の生き残った者だけが、大虐殺から逃れてフランスからここにたどり着きました。ユダヤ人が改宗に抵抗したときの恐ろしい結末を私は目撃しました。ユダヤ人は自分たちの全面的な敗北を認めなければなりません。神はキリスト教徒に軍配をあげました。ユダヤ人はいつまで歴史の流れに逆らって苦難の道を歩み続けなければならないのでしょうか。

ライムンド・ド・ペナフォルテ　フランス人は野蛮人だ。フランス国王ルイは、ユダヤ人と論争する最善の方法はユダヤ人の胸に短剣を突き刺すことだと言ったのだ。

パブロ・クリスティアーニ　フランスのユダヤ人は自分たちが国王とどんな関係にあるのか少なくともわかっています。フランス国王ルイは、排除の印としてユダヤ人に黄色のバッジをつけさせたのです。

ライムンド・ド・ペナフォルテ　なるほど、それでわれわれの仲間になったわけだ。

パブロ・クリスティアーニ　私はそのように考えたのです。

ライムンド・ド・ペナフォルテ　兄弟パブロ、今いる所はスペインです。今回の論争には不当な圧力はありません。脅迫も、威嚇も。わかっているでしょう?

パブロ・クリスティアーニ　もちろんわかっています。われわれは慎重に事を進めなければなりません。しかし、長期的には、幻想を抱き続けるユダヤ人に対しては情けをかける必要はないと私は強く感じています。神の恵みはユダヤ人に背を向けたのです。ユダヤ人はただ教会の懐にのみ平安を見いだすことになるでしょう。

ライムンド・ド・ペナフォルテ　理性です、理性の他にはないのです。わかってもらえますか。

パブロ・クリスティアーニ、うなずく。

ライムンド・ド・ペナフォルテ　あなたの情熱は見上げたものです、兄弟パブロ、いつかきっと立派な大司教になれるでしょう。でも、さらにしっかりと心に留めてもらわなければならないのは、キリストの憐れみ深い教えです。ラビ・モーゼスが素晴らしいキリスト教徒になった姿をひたすら思い浮かべてごらんなさい。（間）兄弟パブロ、本心を言ってください。ユダヤ人でなくなり寂しく思ったことはありませんか。

パブロ・クリスティアーニ　時によります。ユダヤの祭りが巡って来るときです。あるいは、シナゴーグの前でユダヤ独特の音楽をふと耳にするときです。

ライムンド・ド・ペナフォルテ　それはまったく自然な感情というものです。

パブロ・クリスティアーニ　でも、その気持ちは抑えなければなりません。ユダヤの世界全体が時代遅れです。神がすでにそう審判を下したのです。

第七場

ハイメ国王とヨランダ女王。従者たちが論争のための部屋を整える。観衆が宮廷に入り、左右どちらかの席に着く。

ライムンド・ド・ペナフォルテ　両陛下、兄弟パブロ・クリスティアーニの拝謁を許してくださいますように。

ハイメ国王　パブロ、そちのことはよく聞いている。

パブロ・クリスティアーニ　誤れるユダヤの民の啓蒙にわずかでもお役に立てることができますれば、それだけで私の生涯は無駄ではないでしょう。

ハイメ国王　パブロ、答えなさい。そちがかつてラビだったことは本当か？

パブロ・クリスティアーニ　国王陛下、すっかりラビというわけではございませんが、ラビになる教育を受けた者でございます。しかしながら、ユダヤ人は神に見離されたという気持ちの圧迫を私は絶えず受けていました。タルムードの研鑽をもう少しで完了するというとき、真理が私に下りました。ユダヤ教はキリスト教において成就するという神の計画を、ユダヤ教のタルムードにあるいくつかの不鮮明な言葉が証言している真理です。私はさらにいっそう探究を深めてまいりましたが、そのたび毎に最初の洞察の正しさが確証されたのでございます。ユダヤ人の同胞たちにそれと同じ道を歩んでもらいたいと強く希望しております。

ヨランダ女王　そのお仕事は祝福されることでしょう。

ひとりの従者が入り、ライムンドに耳打ちする。

ハイメ国王　パブロ、そちがユダヤ人だったとき、医者としての教育も受けたか？　実は腰が……

パブロ・クリスティアーニ　国王陛下、残念ながらその道の訓練は受けておりません。

ライムンド・ド・ペナフォルテ　両陛下、ラビのモーゼス・ベン・ナフマンが、勅命に従って、ただ今、到着いたしました。

ハイメ国王　そうか、そうか、直ちに連れてきなさい。

ライムンド・ド・ペナフォルテ、退出。

ハイメ国王　パブロ、そちの論争相手に会えるぞ。
パブロ・クリスティアーニ　国王陛下は何て思いやり深いお方なのでございましょう。
ハイメ国王　論戦の行方がとても楽しみだ。
ヨランダ女王　ハイメ、今日の論争に対してもっと真剣な態度をとっていただきたく存じます。闘鶏や騎士の馬上試合ではないのですから。
ハイメ国王　ヨランダ、それはもっともだ。だが、勝負への興味をまったくなくすわけにもいかぬ。

ラインムンド・ド・ペナフォルテとモーゼス・ベン・ナフマン入室。

ラインムンド・ド・ペナフォルテ　両陛下、ラビ・モーゼス・ベン・ナフマンの拝謁を許してくださいますように。
ハイメ国王　ラビ・モーゼス、そちのこともいろいろと聞いておるぞ。今日の論争において、ユダヤ人共同体の代表者としてまさに相応しい人物だそうだな。
モーゼス・ベン・ナフマン　（頭を下げて）国王陛下、あらゆる敬意を払って申しあげます。誠に光栄ではございますが、私のような者はお断りしたほうがよかったかもしれません。

ハイメ国王　断るだって？　ラビ、そちには失望した。論争相手におじけづいたか？

モーゼス・ベン・ナフマン　そのようなことではまったくございません、国王陛下。相手を恐れてはおりませんし、論争を忌避するものでもございません。これまでも一度ならず論争に参加してまいりました。

ヨランダ女王　では、どこに支障があるというのですか？

モーゼス・ベン・ナフマン　獅子が鼠に論争を呼び掛けた場合、その鼠は、たとえどんなに論争好きであったとしても、その申し出を断るほうが賢明でありましょう。と申しますのは、その哀れな鼠は、論争に負けるのと勝つのとどちらをもっとも恐れたらいいのかさえわからないのです。

ハイメ国王　何をそんなに恐れているのだ？

モーゼス・ベン・ナフマン　国王陛下、これまでも何度となく論争が繰り返されてきましたが、いつでも結局はユダヤの民に災難が降りかかってきたのでございます。最近のパリでも……

ハイメ国王　（舌打ちして）黙れ、黙れ。ここにいるわれわれはスペイン人だ。フランス人とわれわれとでは人種がまったく違う。われわれは公正な試合の規則をわきまえている。今回の論争中も論争後も、そちの身の安全と同胞のユダヤ人の安全は私が保証する。

モーゼス・ベン・ナフマン　国王陛下に感謝を捧げ、その保証をありがたくお受けいたします。

ハイメ国王　よろしい。では始めよ。

モーゼス・ベン・ナフマン　できますれば、もうひとつ、お願いしたいことがございます。これまでの論争では、ユダヤ人の論者には発言を制限する多くの規則が課せられておりました。

ハイメ国王　言っている意味がわからないが。

ライムンド・ド・ペナフォルテ　若干の規則は必要なことでした。さもないと、ユダヤ人の論者が驚くべき冒涜を述べる恐れがあったからです。

モーゼス・ベン・ナフマン　国王陛下、今回の論争もまたそのような規則を設けるつもりがあるかどうか学識あるライムンド殿に伺ってもよろしいでしょうか。

ライムンド・ド・ペナフォルテ　国王陛下、規則はごくわずかでございます。私たちの最愛の主で救済者であられるお方とその聖母の処女マリアに対する冒涜の言葉が一言も漏れないようにすることは必要です。

モーゼス・ベン・ナフマン　ユダヤ教の真実の姿を適確に述べようとすれば、キリスト教徒には冒涜とみなされるような発言を避けて通ることはできないように思われます。

沈黙

ハイメ国王　よろしい。ラビの言い分はもっともである。この論争の場ではラビに対していっさいの制限を設けてはならない。

ライムンド・ド・ペナフォルテ　国王陛下……

ハイメ国王　ラビ・モーゼス、いかなる議論を選んで用いてもよいと私が許可する。この論争では、完全な言論の自由が与えられる。

モーゼス・ベン・ナフマン　国王陛下、感謝を申し上げます。

ライムンド・ド・ペナフォルテ　言論の自由を利用してキリスト教を罵倒したり冒涜したりすることのないように。

モーゼス・ベン・ナフマン　私も通常の礼儀はわきまえております。

ライムンド・ド・ペナフォルテ　当然のことです。真理に対して心を閉ざすことなくこの論争にあなたが参加されることを希望します。

モーゼス・ベン・ナフマン　ライムンド殿、あなた自身と同等に心を開いて私は論争に臨みます。

ハイメ国王　ライムンド、モーゼスの今の言葉は、ユダヤ教に改宗する可能性をそなたやパブロが受け入れなければならないということを意味しているぞ。

王、大声で笑う。周りの者も真似をして笑う。

ハイメ国王　さて、ラビ、今回の主要な論争相手を紹介しなければならぬ。かつてはそなたと同じ信仰の持ち主だったパブロ・クリスティアーニである。

パブロ・クリスティアーニ　ラビ・モーゼス、あなたのような論争相手をもつことができ光栄です。

モーゼス・ベン・ナフマン　こちらこそ。あなたの議論に関心をもって楽しみにしています。

ライムンド・ド・ペナフォルテ　この論争に対する神の御加護を、そして良い結果が生まれますように。

あちこちから、アーメンの声。

ハイメ国王　よし、では始めよう。

ライムンド、胸で十字を切る。ラビを除く全員が十字を切る。照明が変わる。国王と女王がそれぞれの座に着く。

ライムンド・ド・ペナフォルテ　両陛下および敬愛なる司教の方々、そして貴族の皆様。キリスト教王、ハイメ国王陛下の命により、本日、キリスト教とユダヤ教の間の論争を執り行ないます。この論争を開催する国王陛下の目的は、ユダヤ人臣民に対して、暴力によってではなく、理性と説得の働きによってキリストに目を向けさせることにあります。キリスト教の論者を務めるのはパブロ・クリスティアーニ、ユダヤ教の論者を務めるのがラビ・モーゼス・ベン・ナフマンです。ではラビから。

モーゼス・ベン・ナフマン　両陛下、この問題に決着をつけるには理性だけで十分であると私もまた信じております。

ハイメ国王、うなずく。

モーゼス・ベン・ナフマン　私たちが議論に努めるはずの多くの争点の中から、特に二つの問題に専心したいと考えております。私の見解ではその二つがもっとも決定的だからです。

ハイメ国王　その二つとは？

モーゼス・ベン・ナフマン　第一の問題は、「メシアはすでに到来したのか、それともまだなのか」ということ、第二の問題は、「聖書で予言されているメシアは人間なのか、それとも神的な存在なのか」ということです。

パブロ・クリスティアーニ　きわめて適切な発言で、私も同意します。

ハイメ国王　主要な論題に関してこんなに早く同意が得られるとは何という驚きだ。

パブロ・クリスティアーニ　国王陛下、特に強調したい点がひとつあります。ラビ・モーゼスはヘブライ語聖書の予言に言及しました。神的なメシアの到来をタルムードも同じく証明しているというのが私の主張点です。

ハイメ国王　ラビ・モーゼス、タルムードが議論の対象となることにも同意するかね。

モーゼス・ベン・ナフマン　国王陛下、まったく異存はありません。しかしながら、時間と労力の節約になるように友好的な注意喚起をパブロにしたいと思います。

ハイメ国王　それは何じゃ？

モーゼス・ベン・ナフマン　要するに、タルムードに見いだされることすべてについて、私たちユダヤ人が常に同意しているとは限らないということです。

ハイメ国王　言っている意味がわからないが。そなたは、タルムードがユダヤ人にとって聖なる書物であることを認めないというのか？

モーゼス・ベン・ナフマン　認めています。しかしながら、タルムードは種々の議論を記録したものです。こうした議論は、ユダヤ教のあらゆる側面に関しておよそ五百年という長い歳月にわたって行なわれてきました。タルムードのあらゆるページにおいて明らかなのですが、二人のラビに意見の不一致がある場合、双方の主張を正しいものとして受け入れることはできません。したがって、タルムードの中の多くの言葉は、ユダヤ人すべてによって受け入れられたものではありません。

ハイメ国王　なるほど。

モーゼス・ベン・ナフマン　さらに、陛下、考慮すべき点がもうひとつあります。ユダヤ人が遵守すべきとみなされているのは、タルムードの中のハラハーという法的箇所だけだということです。ハガダーと呼ばれる法的ではない箇所は、多種多様な解釈が可能な詩のようなものでして、すべてのユダヤ人を束縛するものではありません。

ハイメ国王　何と奇妙な聖なる書物なのじゃ。

モーゼス・ベン・ナフマン　タルムードは聖なる書物です。しかしながら、キリスト教徒が聖なる書物によって意味しているものとはずいぶん異なります。

ハイメ国王　聖書はどうなのだ？　聖書を聖なる書物と見なしているのではないのかな？タルムード以上に。

モーゼス・ベン・ナフマン　まさにそのとおりです。ですが、ここでもその聖書の意味が何であるのか私たちユダヤ人にはめったに確信がもてません。タルムードの中で様々な議論があるのはそのためです。

ハイメ国王　議論を続ける中でおそらくこの点が明らかになっていくと思われるが、どうじゃ？　パブロ、ラビ・モーゼスが権威とみなす書かれた物、あるいは言葉ないし意見について、明確な言明を彼から引き出すことができるかな、どうだ？

パブロ・クリスティアーニ　国王陛下、最善を尽くします。では、ラビ・モーゼス、ユダヤ教のもつ宗教的柔軟性をあなたは誇張し過ぎていると思います。私は長年にわたってユダヤ人でしたが、ユダヤ教についてのあなたの叙述は私の記憶とはあまり一致しません。

モーゼス・ベン・ナフマン　キリスト教徒になったために、あなたには忘れてしまったことがおそらくあるのでしょう。

パブロ・クリスティアーニ　まったくそうは思いません。
モーゼス・ベン・ナフマン　あるいは、あなたにはまったく理解できなかった事柄がユダヤ教にあったのかもしれません。
パブロ・クリスティアーニ　それもありえないと私は思います。ラビ・モーゼス、ユダヤ教には異端というものがありますか、率直に答えてください。
モーゼス・ベン・ナフマン　ないわけではありません。
パブロ・クリスティアーニ　では、ユダヤ法規における異端とは何ですか。
モーゼス・ベン・ナフマン　ユダヤ教の本質的な信仰原理を否定するユダヤ人のことです。
パブロ・クリスティアーニ　ではユダヤ教の本質的な信仰原理というのは何ですか？
モーゼス・ベン・ナフマン　まさにそれが論争の的です。

傍聴席から笑いが漏れる。
ハイメ国王が手をあげ、静まる傍聴席。

パブロ・クリスティアーニ　議論の余地のない信仰箇条は確かにありますね。

モーゼス・ベン・ナフマン　若干あります。神の唯一性がひとつ。シナイ山の啓示がもうひとつ。しかし、キリスト教徒がもっているような全員一致の明確な神学的教義は私たちにはありません。それによって、人々を異端として火刑に処するような教義はないのです。

会場からざわめきが起きる。

パブロ・クリスティアーニ　ラビ・モーゼス、それは正確とはいえません。タルムードに記録されたラビの言葉に対してユダヤ人は最大の敬意を払うのではありませんか？　それが必ずしも十全な権威をもっているわけではないとしても。
モーゼス・ベン・ナフマン　それはそうです。
パブロ・クリスティアーニ　このことはタルムードに記録されているすべての言葉に当てはまるのではありませんか？
モーゼス・ベン・ナフマン　信頼すべきラビの言葉であればすべてそうです。
パブロ・クリスティアーニ　そのような信頼すべきラビの言葉の多くが、結論としてメシアの到来とその神的存在を指し示しているとしたら、この事実にあなたは感銘しますね。

モーゼス・ベン・ナフマン　それは確かです。

パブロ・クリスティアーニ　それで十分です。タルムードの中の多くの言葉は、明らかに、メシアの到来とその神的本性を示しています。

モーゼス・ベン・ナフマン　もしそれを証明することができたら、私たちに一撃を加えることになって、あなたたちの陣営のためになることでしょう。

ハイメ国王　素晴らしい。では始めよう。

ライムンド・ド・ペナフォルテ　最初の問題は、「メシアがすでに到来したのか、それともまだなのか」というものです。兄弟パブロ、この点はいかがですか？

パブロ・クリスティアーニ　国王陛下、旧約聖書からではなくタルムードの一節を引用させてください。タルムードにこうあります。「神殿が破壊されたときにメシアは生まれた」と。これは特筆すべき言明です。ユダヤ人の神殿は、キリスト教が始まった時期にほぼ匹敵するおよそ一二〇〇年前に破壊されました。ラビ・モーゼスに直接、伺いたいと思います。一二〇〇年前にメシアが到来したことをタルムード自身が告げているにもかかわらず、どうしてユダヤ人はいまだにメシアの到来を待望しているのでしょうか？

観衆から同意の反応。

ハイメ国王　ラビ・モーゼス、これに返答できるものを持ち合わせているか？

モーゼス・ベン・ナフマン　国王陛下、パブロの発言に関してですが、神殿破壊のときにメシアが到来したとは、タルムードは述べていません。ただ、その時、メシアが生まれたと述べているだけです。

ハイメ国王　ほとんど同じではないか。どこが違うというのか？

モーゼス・ベン・ナフマン　国王陛下、まったく違います。モーゼが生まれたとき、直ちにイスラエルの民をエジプトから導き出したわけではありません。生まれたばかりの赤ん坊にそのような仕事ができるはずもありません。出エジプトという出来事自体は、その八〇年後に起きたのです。同様に、メシアの生まれた日とメシアの到来の日はけっして同じではありません。

ハイメ国王　では、メシアの到来はいつになるのだ？

モーゼス・ベン・ナフマン　ユダヤ人を率いて聖地に帰るときです。この出来事はまだ起きていません。したがって、メシアはまだ来ていないことになります。

パブロ・クリスティアーニ　メシアは、一二〇〇年前に生まれたにもかかわらず、まだ来ていないと言いたいのですか？

モーゼス・ベン・ナフマン　そのとおりです。

ハイメ国王　モーゼスの医者が誰なのか知りたいものだ。

モーゼス・ベン・ナフマン　ですが、国王陛下、アダムはそれと同じくらい長く生きました。さらに、エリヤは、けっして死なずにアダムよりはるかに長く生きて、メシアと共に戻ってくるのです。

ハイメ国王　では、メシアは今、どこにいるというのだ？

モーゼス・ベン・ナフマン　タルムードによれば、エデンの園にいます。

ハイメ国王　そんなことが信じられるなら、何だって信じられるぞ。

モーゼス・ベン・ナフマン　もっと信じ難い多くのことが、宗教の名において、信じられています、国王陛下。

この発言の裏にある意図を観衆は見逃さない。

モーゼス・ベン・ナフマン　私個人としては、神殿破壊時にメシアが生まれたことを信じていません。メシアがまだ生まれていないと私は信じています。

パブロ・クリスティアーニ　しかしながら、タルムードはきわめて明確に、その当時に、メシアが生まれたと述べている。

モーゼス・ベン・ナフマン　それは詩的表現です。寓話のひとつです。キリスト教徒にとっても確かに寓話の理解は困難ではないでしょう。まさに絶望の淵において希望が生まれるという言い回しがあります。これを文字どおりに受け取ることはないはずです。

パブロ・クリスティアーニ　タルムードは嘘を述べていると主張するのですか。

モーゼス・ベン・ナフマン　寓話は嘘ではありません。

パブロ・クリスティアーニ　ラビが立場を変えていることは明白です。

モーゼス・ベン・ナフマン　立場はまったく変わっていません。神殿崩壊時にメシアが生まれたことをあなたがどうしても文字どおりに受け取りたいならば、先ほど述べたことが私の答えです。私は、個人的には、文字どおりに受け取っていませんが。メシアがその当時に生まれたとも、それ以後に生まれたとも私は信じていません。これだけはまったくはっきりしています。

パブロ・クリスティアーニ　私にとって明白なのは、あなた自身の聖なる書物がメシアの到来を告げていることです。しかしながら、さらに確たる証拠を示しましょう。この議論は聖句の解釈には依存せず、大きな歴史の流れに依拠しています。神は神自らを聖書の言葉と霊感によって作られた伝統に啓示されました。この点についてわれわれはまったく同意できるはずです。ところで神は自らを歴史の中にもっと確実に啓示されているのです。と申しますのは、歴史に生起することは神の意志にほかならないからです。歴史が私の示す証拠となります。

かつてユダヤ人は、エルサレムに神殿をもつ強固な民族で、世界中の驚異の的でした。神は神殿を破壊し地面に叩きつけることを決定し、それに代わって、ローマに教会の中心をもち、また多くの国々に大聖堂をもつキリスト教教会を立ち上げ、その栄光の絶頂においてあの神殿より光輝なものにされたのです。神はそう決定なさいました。これが神の意志だったのです。それでユダヤ人はどうなったでしょうか。彼らは奴隷となり流浪の民となりました。これこそが、ユダヤ人の敗北とキリスト教の勝利を示すもっとも強力な証拠ではないでしょうか。メシアは到来しました、そしてキリスト教教会がその生き生きとした証拠なのです。ユダヤ人は歴史の真実に逆らうのは止めるべきです。時が経つにつれますます不幸になっていくしかない惨めな存在を引きずって生きるのを止めさせ、ユダヤ人を教会の勝利の喜びに加えましょう。メシアが到来したときユダヤ人は顔を背けましたが、今や神がユダヤ人に顔を背けているのです。よくわかっています。私はユダヤ人でした。この呪いの下で私は苦しみました。ところが、イエス・キリストは私を解き放ってくださったのです。キリストは、キリストのもとに来る者は誰でも解き放ってくださいます。神の教会は慈悲深いのです。扉はまだ開いています。ユダヤ人を中に入れて、神のあらゆる祝福を分かち合わせましょう。遅きに失する前に。

観衆、感情の高ぶりを爆発させ、威勢のいい聖歌を歌い始める。王、歌い続けさせる。最後には静まり返り、ラビの返答を待つ。

モーゼス・ベン・ナフマン　国王陛下、パブロの議論にはまったく承服しかねると直ちに申し上げなければなりません。メシアの到来が教会の勝利によって証明されたと、あの立派な修道士は主張します。すると、現在、私たちは聖書で予言されたメシア時代に生きているということになろうかと思います。栄光が予言されていたが、教皇、聖職者、大聖堂、強力な支配者の形をとってその栄光がここに現れていると、パブロはそう主張します。

しかしながら、現在は本当にメシア時代なのでしょうか。聖書の中から、メシアの到来に関するエゼキエルやゼカリアの予言を読むとき、私たちが感銘を覚える明瞭な事というのは何でしょうか。それは、メシアの到来が世界を一変させるということです。紛争や流血の世界、絶えざる苦痛や飢饉や戦争の世界ではなく、平和と善意の世界、安息の世界が出現するのです。その時が来ると、剣は鋤(すき)に打ち直され、狼は小羊と共に宿り、神の平和は世界の四隅にまで届くのです。私たちユダヤ人が待ち望んでいるのは、このようなメシア時代です。その時が来ると、過去の明らかに無意味な苦痛が、結局、すべて意味をもっていたことが判明し、真の歴史が始まります。その時ようやく、私たちの奮闘がより良き世界を生み出すための産みの苦しみだったことがわかるのです。しかしながら、これまでに何が起きましたか。イエス誕生後一二〇〇年以上にわたってこの世界を見回してみましょう。この世界は平和の世界ですか？　剣は鋤に打ち直されましたか？　否です。この世界はこれまで以上に戦争で満ちており、もっとも好戦的な人々、狼よりも獰猛な人々は、キリスト教国の人々なのです。

観衆、大反対の声を上げる。

パブロ・クリスティアーニ　とうとう冒涜の言葉を発した。

ハイメ国王　静まれ。

一斉に静まる。

モーゼス・ベン・ナフマン　あらゆる敬意を払って申し上げます。国王陛下はキリスト教国の偉大な王であられます。鎧を身にまとった陛下の騎士たちは戦闘で雷鳴のように激しくぶつかります。陛下は歩兵、射手、兵器をおもちです。メシアの到来を信じておられるなら、陛下はどうして兵士をすべて解雇して、神の平和の内に入ろうとされないのでしょうか。この世界は戦争と軍隊でいっぱいだからです。あまり遠くない所にイスラムの軍勢がおり、その向こうにはモンゴルやタタールの軍隊がいます。そのさらに向こうにも軍勢がいるかもしれません。

陛下が信じていると言っておられる預言書の中で、愛ではなく憎しみを、平和ではなく戦争をメシアがもたらすと述べている箇所がありますでしょうか。メシアの時代は正義の時代にもなるのです。あなたたちキリスト教徒がイエスに対する信仰から築き上げた世界を見回してみましょう。正義の世界でしょうか？　キリスト教の世界では誰もが誰かに対して威張り散らしているように見えます。ところが、ユダヤには貴族制も奴隷制もありません。ユダヤ人がユダヤ人に対して威張り散らすこともありません。世界の他の民族はこのような生き方を学んではいません。陛下にお尋ねしますが、私たちユダヤ人が教えを乞うべきより高い規準を陛下はおもちでしょうか。エゼキエルが「私は石の心を除き、肉の心を与える」と神の予言を語った際に言及した「新しい霊」に何が起きたというのでしょうか？　もしこの現実世界が預言者たちの語った新しい世界だとしたら、預言者たちは沈黙を守ったほうがはるかにましだったことでしょう。

ライムンド・ド・ペナフォルテ　国王陛下、私も発言しなければならなくなりました。キリスト御自身が受難したように私たちが苦難を受けたからといって、私たちキリスト教徒がキリストのようになるなどということはけっしてありません。奴隷であっても皇帝と同じかそれ以上にキリストの下に来ることができるのです。

モーゼス・ベン・ナフマン　その教えは暴君には好都合です。奴隷の身分がより良いなどとは信じられません。

ライムンド・ド・ペナフォルテ　自由と平等はキリストの再臨まで待たなければならないのです。

モーゼス・ベン・ナフマン　メシアの到来によって生じるありとあらゆる真の恩恵が、再臨まで置き去りにされているようです。

ライムンド・ド・ペナフォルテ　キリストの最初の到来が何の恩恵ももたらさなかったわけではありません。

モーゼス・ベン・ナフマン　なるほど、そうでした。教会の勝利でしたね。パブロがこの点を強調していました。さらに、ユダヤ人の失敗と苦難についても。キリスト教徒は、失敗を大いなる神秘に祭り上げます。失敗こそがその神性さの証明だとする苦難のメシアについてキリスト教徒は語ります。しかもその同じ口から、ユダヤ人の失敗と苦難がユダヤ人の呪われた証拠であると主張するのです。ユダヤ人の苦難はヘブライの預言者たちによって予言されていましたが、彼らは、ユダヤ人が世界の罪のために苦難を受けていたことを世界の国々が認める時代が来るとも予言していました。

ライムンド・ド・ペナフォルテ　世界の罪のために苦難を受けたのはユダヤ人ではなく、キリストです。しかも、そのことは預言者イザヤによって予告されていました。

モーゼス・ベン・ナフマン　イザヤ書で描かれている苦難のしもべはイエスではなくユダヤ民族で、しかも苦難のしもべは今もあなたたちに囲まれた真只中にいるのだと私は主張します。あなたたちイエスの信奉者がその主要な迫害者なのです。

観衆に激怒と困惑が生まれる。

パブロ・クリスティアーニ　国王陛下、このような冒涜を許しておいていいのですか。あの男は、ユダヤ人がキリストで、私たちキリスト教徒が十字架に架けた者だと主張しているのです。

群衆、怒りを爆発させる。

ハイメ国王、彼らに応じない。

ハイメ国王　私は彼に自由な発言を約束した。

観衆に不満のつぶやきが生まれる。

モーゼス・ベン・ナフマン　私たちは、メシアが来ていないかどうかを見極めるために、ただ世界を見回しただけです。世界をより良い世界にしないようなメシアはメシアではありません。世界が良くなるかどうかなど問題にならないと告げるようなメシアなら、そんなメシアなどいないほうがましです。私たちユダヤ人は、世界がまだ救われていないと主張します。メシアはまだ来ていないのです。そして、世界がメシアを迎えるのに値するようになるまで、メシアは来ないでしょう。

暗転

第二幕

第一場

ヨランダ女王とパブロ・クリスティアーニ

ヨランダ女王　ラビは悪魔の手先です。悪魔があの男の口を通して語ったのです。あのような狡猾(こうかつ)なことができるのは悪魔だけです。カバラーとかいう黒魔術の主宰者があのラビだと聞いたことがあります。

パブロ・クリスティアーニ　あのラビは老練なカバラー主義者ですが、カバラーは黒魔術ではありません。単なる神秘哲学です。悪魔を呼び出すものではけっしてありません。

ヨランダ女王　本当のことを言いなさい。あなたがユダヤ人だったとき、黒魔術が行なわれるのを一度も目撃したことがないのですか？　キリスト教徒の子どもが犠牲になり、その子の血が汚らわしい目的のために使用されるのをけっして見たことはないのですか。

パブロ・クリスティアーニ　女王陛下、そのような儀式はユダヤ人の間では聞いたことがございません。ユダヤ人は非文明的ではないのです。むしろ、行き過ぎた文明人といえます。ユダヤ人は傲慢にも賢い自分たちには救済の必要はないと考えているのです。

ヨランダ女王　ラビが取り乱した姿はみじんも見られませんでした。キリストに対するあの侮辱を処罰もせず見逃しておいていいものでしょうか。

パブロ・クリスティアーニ　国王が規則を定めたのでございます。ラビは次回も自由に発言することでしょう。

ヨランダ女王　私の流儀だったら、八つ裂きにしたうえで焼き殺してしまうのに。

パブロ・クリスティアーニ　ラビを改宗させたり、ユダヤ人を集団改宗させたりする見込みがほとんどないのは明らかです。今回の出来事は、私が思いますに、長期化するキャンペーンの端緒に過ぎないようです。

ヨランダ女王　キャンペーン？

パブロ・クリスティアーニ　アラゴン国の雰囲気が一変したことをユダヤ人に悟らせなければなりません。論争が終わったら、ユダヤ側の議論の敗北が立証されたという論争の結果を地方に流させてください。次に、ユダヤ人会衆に私が演説で改宗を呼びかけます。

ヨランダ女王　ラビは愚かではありません。彼も筆を使って自説を展開するでしょう。

パブロ・クリスティアーニ　そんなことをすれば、彼の運命は決します。国王が許可したのは話すことだけで、書くことは許可されていないのです。先の論争で語ったのと同様の冒瀆を書き記すならば、死の責めを負うことになりましょう。

ヨランダ女王　ハイメ王の考えは他にあるかもしれません。

パブロ・クリスティアーニ　そのときには、教皇が介入することになるでしょう。国王といえども教皇に反対できる立場にはございません。

ヨランダ女王　国王の立場を弱めるようなことがあってはなりません。

パブロ・クリスティアーニ　それはもちろんでございます。

ヨランダ女王　パブロ、神の祝福あれ。私を新たな気持ちにさせてくれました。

第二場

モーゼス・ベン・ナフマンの下宿部屋。モーゼス・ベン・ナフマンとユディット。
ドン・アルコンスタンティーニ、入室。

モーゼス・ベン・ナフマン　あなたに平安を、アルコンスタンティーニ。

アルコンスタンティーニ　平安だって？　ちっとも平安じゃない。今や危機的状況にあるのですよ。ラビ、口を慎む時だ。和解を求める時です。

ユディット　父はまるで天使のように語られました。

アルコンスタンティーニ　死の使いでないことを祈りましょう。

ユディット　父の言葉に感心しなかったのですか？　私たちが無力な虐げられた民であることを、少しの間は、思い出されたでしょう？

アルコンスタンティーニ　そう、無力だ。今や、現実に連れ戻された。皆がこそこそ隠れて暮らしている。外出を恐れている。仕事にも市場にも。ドミニコ会と女王は怒り狂っている。今回の論争はきわめて寛大な雰囲気の中で始まった。ラビは礼儀正しく振る舞って、ただ改宗する気持ちがないことだけはっきりと伝えればよかったのに。そう、彼らの宗教を攻撃することは思い止まるべきだった。そうしていれば、事態は平穏無事だったかもしれない。ところが、今ではあらゆる危害が加わりそうな雰囲気になってしまった。

ユディット　父は長期的な効果を思慮されたにちがいありません。

アルコンスタンティーニ　短期的にはどうなのです。

モーゼス・ベン・ナフマン　われわれの世代の人たちは恐ろしかったから沈黙したのだと言われたくありません。未来の世代に伝えるべき伝言を託さなければならないのです。

アルコンスタンティーニ　未来の世代を確保するためにはわれわれは適切な配慮をしなければなりません。ラビ、あなたのやり方は単純すぎた。これは宗教だけの問題ではないのです。高度に政治的な問題です。政治の世界では、あなたには何もわからない駆け引きが必要です。国王の座というのもあなたが思っているほど、確固たるものではありません。

（間）さらに厄介な問題があります。小耳に挟んだのですが、ドミニコ会は論争が終わったら、あなたに死刑を要求する口実を探しているようです。単なる噂かもしれませんが、あちこちでそれを聞いたのです。

モーゼス・ベン・ナフマン　アルコンスタンティーニ殿、忠告に感謝します。ユダヤの民の安全に対してお互いが責任をもっていることは確かです。あなたの助言をおおいに尊重しましょう。

アルコンスタンティーニ　それはどうも。お願いしたいことはそれだけです。平静さが求められるのです。ユディット、先日の無礼を反省しています。赦してください。事態が深刻な時だったので。私は……私はどうしたらいいのか……あのう、ほら、万一のためです……。

ユディットに硬貨の小袋を渡す。

ユディット　（表情が和らいで）ありがとうございます、アルコンスタンティーニ様。

アルコンスタンティーニ　お礼されるほどのことではありません。われわれの民のためなら私は何だってします。

アルコンスタンティーニ、退場。

ユディット　彼の言っていることは正しいのですか。

モーゼス・ベン・ナフマン　論争が終わったら、ドミニコ会が私の死刑を要求することは十分ありうることだ。さらに、ユダヤ人の特権一般を抑制しろという圧力も生まれるかもしれない。われわれユダヤ人にとっては、他のキリスト教国よりアラゴン国での生活のほうがずっと良かった。しかし、この論争がすべてを変えてしまうかもしれない。国王が私にとっていままでも最善の希望だ。危害が私だけに及ぶように祈っている。私にだけ（肩をすくめ）だが、そなたはどうなる。アルコンスタンティーニがきっと面倒を見てくれるだろう。

ユディット　ええ、アルコンスタンティーニは面倒を見てくださるでしょう。しかもそうしなければならないのです。保身のためならどんなことでもするあの男に。お父様、アルコンスタンティーニはいつキリスト教徒に改宗してしまうのでしょうか？

モーゼス・ベン・ナフマン、沈黙。

第三場

ハイメ国王とコンシュエロ

コンシュエロ　私の言ったとおり、ラビは狡猾だったでしょう?

ハイメ国王　確かにあのラビは、パブロとライムンドが投げかけたあらゆる問いに対していまいましくも抜け目なく答えていたようだ。

コンシュエロ　そこに居合わせて、一部始終を見たかったのに。

ハイメ国王　気にするな。私からじかに話を聞けたではないか。

コンシュエロ　あの二人の教会の有力者は、普段、自分たちが矛盾に陥ることはないのに。彼らの顔を見たかっただけ。今度はカーテンの後ろからこっそり覗くことくらいできないかしら。

ハイメ国王　(微笑んで)カーテンの後ろですらもうたいへんなことなのだ。ヨランダがタペストリーの間にそなたの顔を見つけでもしたら、何と言うだろうか。

コンシュエロ　戦闘シーンに花を添えていたムーア人奴隷の一人と思うだけ。

ハイメ国王　だめだ、だめだ。ヨランダを騙すのは容易でない。すっかり身を隠しているほうが賢明なのだ。ところで、そなたはあのラビをどう思っているのだ。

コンシュエロ　あの人には勇気がある。たとえ地獄のものだとしても、彼の魂は火のように燃えている。

ハイメ国王　（コンシュエロを抱きかかえて）そなたは燃える男が好みのようだな？

コンシュエロ　ええ。どうして私があなたを好きだと思っているの？

ハイメ国王　他には？　キリスト教の戦士パブロ・クリスティアーニはどうだ？

コンシュエロ　パブロは長期的展望をもっている。あなたの王国は彼にとってはただの踏み台に過ぎないわ。

ハイメ国王　可愛い顔をして悪魔のようだな。まさにそのとおりだ。私も一目ですぐに彼の野心がわかった。そなたを最高顧問にしたいぐらいだ。

ハイメ国王、コンシュエロに接吻する。ひとりの従者が入ってくる。

従者　国王陛下、ラビ・モーゼスが急用でお目通りを願っております。

ハイメ国王　通しなさい。（コンシュエロに向かって）ここにいなさい。

モーゼス・ベン・ナフマン、入室。

ハイメ国王　ラビ・モーゼス、ようこそ。何の用かな？

モーゼス・ベン・ナフマン　国王陛下、私が参りましたのは、論争を終わりにしていただきたいからでございます。

ハイメ国王　一体どうしてだ？　上首尾だったように見えるが。

モーゼス・ベン・ナフマン　私のユダヤの民たちの要請で参りました。もうこれ以上続けないでほしいと民の多くが願っています。

ハイメ国王　だが、私は次の論争を楽しみにしているのだ。今までに見た中で最高の戦いぶりであった。

モーゼス・ベン・ナフマン　国王陛下、私たちには多くの敵がおります。特にドミニコ会の中に。激しい憎しみが湧き上がっています。今、黙っていないと、たいへんな災難が私たちに降りかかってきます。

ハイメ国王　私を信用できないと言うのか？

モーゼス・ベン・ナフマン　もし私が陛下を信頼していなかったら、今回の論争で口を開くことすらなかったでしょう。陛下、私がキリスト教に改宗しないことは明らかです。論争を終わりにしてくださいますように。

ハイメ国王　パブロ・クリスティアーニの議論は何の効果ももたらさなかったというのか？

モーゼス・ベン・ナフマン　パブロ・クリスティアーニは薄っぺらな人間です。

ハイメ国王　そしてそなたはひじょうに傲慢な男だ。

モーゼス・ベン・ナフマン　私の関心は同胞のユダヤ人の安全だけです。

ハイメ国王　ユダヤの民の安全は私が保証したはずだ。もう一度尋ねるが、私を信用できないというのか？

モーゼス・ベン・ナフマン　もちろん、信頼しております。

ハイメ国王　では信用の置けるキリスト教徒がひとりいることになるな？

モーゼス・ベン・ナフマン　国王陛下、私が信頼しているのは、陛下のキリスト教の部分ではなく、異教の部分でございます。

ハイメ国王　私が異教徒だというのか。

モーゼス・ベン・ナフマン　陛下の正義感はキリスト教的ではなく、異教的でございます。

ハイメ国王　ライムンド・ド・ペナフォルテがしょっちゅう同じことを言う。ドミニコ会の指導者とユダヤ教の指導者が私を異教徒だと言うのだから、そうなのかもしれない。

モーゼス・ベン・ナフマン　異教徒はいい戦いを見るのを好みますが、いい戦いというものは対等な立場において始めて成り立つものでございます。これが異教的な正義感です。私たちユダヤ人の正義感とまったく同じというわけではありませんが、悪くはない正義感です。しかしながら、私が恐れているのは、ヨーロッパ中でこの異教が死に絶え、キリスト教が席巻するのではないかということでございます。

ハイメ国王　ラビ・モーゼス、キリスト教が異教を滅ぼして何世紀も経つぞ。

モーゼス・ベン・ナフマン　それはただ名目上です。今や実質的にも勝利を収めつつあるのです。キリスト教国ではまもなく、唯一の支配者が誕生するでしょう。教皇がそれです。そうなれば、ユダヤ人に対する公正な戦いは永遠に失われてしまうでしょう。このことを、声を大にして言いたいのでございます。申し上げたいことはそれだけです。この論争をさらに続けなければならないとすれば、陛下の公正な戦いというお考えも崩れてしまう恐れがございます。

ハイメ国王　アラゴン国中で私に命令を下せる者は誰ひとりとしていない。

モーゼス・ベン・ナフマン　教皇でも？

ハイメ国王　教皇といえどもそうだ。

ハイメが再度口を開くまで、考えるまでの間がある。

ハイメ国王　先ほど、そなたが「この論争をさらに続けなければならないとすれば」と言った言葉の意味は何なのだ？

モーゼス・ベン・ナフマン　今回の論争の第二部では私はさらに危険な立場に陥ります。ここで論争を中止してください、そうすれば危険は回避できます。終了の命令を下していただくわけにはいかないでしょうか。

ハイメ国王　だめだ。論争が終結したら、命令を下そう。（沈黙）

モーゼス・ベン・ナフマン　退席の許可をいただけますでしょうか？

ハイメ国王　勝手にしなさい。

モーゼス・ベン・ナフマン、退席しかかるが、国王が制止する。

ハイメ国王　待ちなさい。（間）聞きたいことがあるのだが。

モーゼス・ベン・ナフマン　なんなりと。

ハイメ国王　ラビ、そなたの宗教では、姦淫の罪で赦しを乞うことができるのか？

モーゼス・ベン・ナフマン　かつてひとりの偉大な王がおりました。ダビデ王でございます。彼は姦淫の罪を犯しました。しかしながら、彼は悔い改め、赦されました。

ハイメ国王　では、ひとが何度も罪を犯し、しかもその罪を求めるがゆえに悔い改めなかったとしたら、それでも赦されるか？

モーゼス・ベン・ナフマン　けっして赦されません。

ハイメ国王　わかるかな？　そなたの厳格な神よりイエスのほうが優っているのはこの点だ。

モーゼス・ベン・ナフマン　繰り返される罪によって被害を受ける人々はどうなりますか？　彼らはイエスの赦しでどうなるのでしょうか？

ハイメ国王　救済を妨げるのはこの悪い肉体だ。

モーゼス・ベン・ナフマン　肉体は良きものでございます。

ハイメ国王　どうしてそんなことがありえようか。官能的な欲望で満ちて溢れているというのに。

モーゼス・ベン・ナフマン　適切に抑制できるのであれば、欲望に悪い欲望はございません。

ハイメ国王　では官能的な欲望も良いものでありうるのか?

モーゼス・ベン・ナフマン　それも神によって創られたものではございませんか?　生命の泉の動因ではありませんか?　私は性的欲望の聖性に関する本を書いたことがございます。

ハイメ国王　性の本だと?　モーゼス、そなたは俗悪なラビだな。

モーゼス・ベン・ナフマン　王というものは獅子のような快楽を得るものでございます。私たちの王ダビデには、一八人の妻と側室がいましたが、そのこと自体は罪に数えられてはおりません。既婚者だったバトシェバとの姦淫だけが罪とみなされたのです。

ハイメ国王　一八人の妻と側室だと?　私はイエスが生まれる前の王になるべきだった。

モーゼス、退室。コンシュエロ、国王の前に進み出る。彼らは接吻をする。

ハイメ国王　われわれはこんなことをすべきではないのだ。罪にあたる。

コンシュエロ　あなたには聴聞司祭がいるわ。明日、懺悔(ざんげ)すればいいのよ。

コンシュエロ、国王に接吻する。国王の態度は冷たい。

ハイメ国王　私は年老いた。老いが悔い改めを知らせる神からの徴なのだ。

コンシュエロ　あなたはまだまだお元気。征服王ハイメなのよ。早死になんかけっしてさせない。あなたには権力がある。誰にもそれを奪われてはならないの。でも、今はお側を離れます。ゆっくりお休みになって。(間) わかって、あなたを本当に愛しているの。

コンシュエロ、退室。照明が変わる。ラビ・モーゼス、待機。ライムンド・ペナフォルテ、登場。

第四場

ライムンド・ド・ペナフォルテ　わざわざおいでくださり感謝します、ラビ。

モーゼス・ベン・ナフマン　どういたしまして。お役に立てれば幸いです。

ライムンド・ド・ペナフォルテ　さて、論争も終わりに近づいています。私には失望以外の何ものでもありませんでした。私としては、紳士的なやり方でキリスト教徒とユダヤ教徒とが友好的な関係を結ぶことができればと願っていたのですが。残念ながら、あなたは恩を仇で返した。

モーゼス・ベン・ナフマン　何を提案なさりたいのですか？

ライムンド・ド・ペナフォルテ　願いはただひとつ、もっと融和的な態度を採っていただきたいことです。どんな手段を用いてユダヤ教を擁護されてもかまいませんが、キリスト教を攻撃しないでいただきたい。私たちの論争に制限を設けようとした私の当初の提案の分別がおそらくようやくおわかりになったことでしょう。

モーゼス・ベン・ナフマン　ライムンド殿、あなたのおっしゃることはもっともらしく聞こえますが、キリスト教をいっさい攻撃することなくユダヤ教を擁護することなど如何にしたらできるのでしょうか？

ライムンド・ド・ペナフォルテ　私たちは公正さに努めてきました。タルムードを焼き払うことになった、あのパリでの論争をあなたは望まれるのですか？　私たちはその教訓から学んで進歩したのです。

モーゼス・ベン・ナフマン　進歩したことには同意します。しかし、本当は私にこう言いたいのではありませんか？「自分の考えを口に出すのを一度は許可したのだから、今度は恩返しに自分の考えを発言するな」と。この種の寛容は私たちに口をつぐませるので、不寛容と何ら変わりありません。

ライムンド・ド・ペナフォルテ　キリスト教を攻撃しなければどんな考えも述べていいと言っているのです。

モーゼス・ベン・ナフマン　それは保証できかねます。

ライムンド・ド・ペナフォルテ　なぜですか？

モーゼス・ベン・ナフマン　今回の論争は歴史的な出来事だと私は受けとめています。ユダヤ人とキリスト教徒の間で公然と対決が行なわれてきた長い歴史の中で、今回の論争が稀有な機会です。いつこのような機会が再び訪れるのか誰にもわかりません。私たちが寛容の新時代に突入しているとは信じられないのです。ここバルセロナにおいてのみ、公正な国王の下、つかの間の真の親交をもっているのです。ところで、裁判の被告人が自分を弁護する際に、検事の主張に異議申し立てをしないことなどできるでしょうか？　無礼なキリスト教攻撃だとキリスト教徒が感じるものは、単にキリスト教徒によって告発された嫌疑を晴らそうとするユダヤ人の奮闘にすぎないのです。

ライムンド・ド・ペナフォルテ　あなたに向けられた嫌疑などまったくありません。

モーゼス・ベン・ナフマン　（情熱を込めて）あなたたちは私たちを神殺しで、告発していませんか？　この告発がキリスト教国で私たちユダヤ人を窮地に追い詰めている理由ではないのですか。普通の人々がユダヤ人に憎しみを抱かなかった時代がありました。ユダヤ人の結婚式に来てくれたり、自分の土地の祝福をラビに求めたりする人々がいたのです。今ではその普通の人々が、ユダヤ人は神殺しだとキリスト教の聖職者たちから何度となく聞かされているので、ユダヤ人に関するありとあらゆるおぞましい話を信じるようになっています。ユダヤ人は井戸に毒を投げ込んでいるとか、キリスト教徒の子どもの血を飲んでいると。このような根も葉もない話が、ドイツやフランスで大量虐殺を引き起こしているのです。神の御加護によってのみ、私たちユダヤ人はキリスト教国において絶滅を免れることができるのです。

ライムンド・ド・ペナフォルテ　不幸なことに、これはまったく民衆の誤解です。教皇はこの野卑な話の撲滅に最大限の努力を払っています。

モーゼス・ベン・ナフマン　もし教皇ウルバヌスが本当に最善を尽くしたのだとしたら、これまでに何百回となく訪れた日曜日に全聖職者に対して会衆にこの根も葉もない噂を信じないように警告させていたはずです。そうすれば迫害に終止符を打つ出発点になっていたことでしょう。

ライムンド・ド・ペナフォルテ　ユダヤ人は確かにキリストの死をもたらしたけれども、それは特に悪気があったからではなかった。私たちすべてにその罪はあります。その当時、ユダヤ人が、たまたま罪深い人間を代表していただけです。

モーゼス・ベン・ナフマン　もしイエスの死が単なる聖人の死でしかなかったのであれば、あなたの説明で十分にキリスト教徒に受け入れてもらえる機会があったかもしれません。結局、アテネの市民はソクラテスを死刑にしましたが、それでも彼らは人類から敬意を払われています。ところが、イエスはあなたたちによって神とみなされています。イエスの殺害者は悪魔にほかならないのです。神を殺せるほど強いのは悪魔以外にはありえないと。さらに悪いことに、イエスの死は、邪悪な犯罪によって引き起こされた単なる悲劇的な出来事ではないことになっています。人類の救済をもたらした必然的な出来事だというわけです。そこで、ユダヤ人は、その同じ決定的な時に、あなたたちのメシアを殺害し同時に創造したとして非難されているのです。まさにこの事態がユダヤ人に対する恐怖や不安と畏怖、といっても不安に加味された畏怖にすぎないもの、を人々に植えつけているのです。私たちユダヤ人は普通の人間です。しかし、あなたたちがこの暴力劇でキリスト教徒の心を満たしているときに、どうして彼らは、ユダヤ人が普通の人間だという事実を受け入れられるのでしょうか？　あるいは、受け入れ始めることさえできるのでしょうか？

ライムンド・ド・ペナフォルテ　その責任はユダヤ人のほうにあるのだ。あなた自身が、ユダヤ人を普通の人間だとは思っていないはずだ。

モーゼス・ベン・ナフマン　確かに私たちは選民だと考えています。しかし、いかなる点においてもこの思想が私たちを超自然的な存在者にするわけではありません。過ちや失敗を犯す普通の人間だったモーセが砂漠からヘブライ人を導き出したのとちょうど同じように、私たちは自分たちをこの砂漠のような世界から人類を導き出す指導者だと自負しています。キリスト教によって押しつけられている役割を私たちユダヤ人が拒絶するならば、わたしたちに困難が待ち受けているでしょう。

ライムンド・ド・ペナフォルテ　ユダヤ人がイエスを殺した事実は否定できないはずです。

モーゼス・ベン・ナフマン　きっぱり否定します。しかも、それは単に歴史的な問題であって、議論の核心ではありません。ユダヤ人イエスの死は犠牲的な神の死であって、しかもその死は悪魔的な殺人者、ユダヤ人という悪魔、によって執行されたという夢物語にまで達するかどうかです。

ライムンド・ド・ペナフォルテ　夢物語ですって？　それこそがいわゆるキリスト教的救済計画ではありませんか。

モーゼス・ベン・ナフマン　率直にそう言わざるを得ません。

ライムンド・ド・ペナフォルテ　あなたのキリスト教非難は先の論争よりさらに深いところにまで及んでいます。今、ようやくそれがわかりました。

モーゼス・ベン・ナフマン　頭のいいあなたなら、ユダヤ人がキリスト教を拒んでいるのは、その欠点に気づいているからだということを確実に知っているはずです。にもかかわらず、あなたはユダヤ人が執拗に盲目で頑固だと見なそうとしている。ところが、あなたの信仰に対する筋の通った反論が明らかになり、その核心に触れるとあなたは狼狽するのです。

ライムンド・ド・ペナフォルテ　残された論争で、あなたは自制するつもりなのか、しないつもりなのか？

モーゼス・ベン・ナフマン　私の気持ちの奥底を知ってしまった以上、これまでも最大限の自制をしていたのがおわかりになったはずです。

ライムンド・ド・ペナフォルテ　あなたの味方は国王だけだということを肝に銘じるべきです。気をつけなさい、ラビ、安全は保障されていませんよ。民衆の心は単純です。見たところ、あなたは彼らの信仰を踏みにじり、彼らを激怒させています。怒りの表明として彼らが敢えて暴力に訴えようとしていないのは、国王の統制が厳格だからです。しかしながら、私たちは未来を案じなければなりません。現国王がいつまでも生きているわけではなく、今回の論争の記憶のほうが長く続くことになるでしょう。ラビ、あなたは、私の知る限り、賢明なお方ですから、論争で得点を稼ぐなどという喜びよりももっと先のことを見通せるはずです。

モーゼス・ベン・ナフマン　ではライムンド、何があなたの具体的な提案なのですか？キリスト教への改宗を私が本気で考えているということでは、まさかないでしょうね。

ライムンド・ド・ペナフォルテ　そこまでは求めていません。あなたに自分の信仰を棄てる意思が毛頭ないことは明白です。しかしながら、ユダヤ人がキリスト教徒になることは単なる愚行でも狂気の沙汰でもないことを少なくとも印象づけてもらいたいのです。

モーゼス・ベン・ナフマン　同胞のユダヤ人が改宗したり、あるいはその一部が改宗したりすることに対して、必ずしも私が断罪しているわけではないことを態度に示して欲しいということですか？

ライムンド・ド・ペナフォルテ　そのようなことです。

モーゼス・ベン・ナフマン　（しばらく沈黙した後で）なぜ私にそのようなことを要求するのですか？

ライムンド・ド・ペナフォルテ　あなたなので、率直に言いましょう。大事なことは、私たちドミニコ会が今回の論争で何らかの信望を得ることです。実際、それは至上命令なのです。

モーゼス・ベン・ナフマン　ライムンド殿、私にはほとんど関係ないことです。

ライムンド・ド・ペナフォルテ　おお、それは違います。あなたたちに大いに関係のあることです。

モーゼス・ベン・ナフマン　それはいったいなぜですか？

ライムンド・ド・ペナフォルテ　国王の立場は瀬戸際にあります。強力な反対勢力が国王の排除を狙っています。教皇聖下は今の所、国王を支持していますが、今度の論争の結果次第で、教皇の態度は変わるかもしれません。アラゴン国のユダヤ政策に対して、フランスと歩調を合わせるようにという強い圧力があります。現国王が失脚したら、あなたの立場はひじょうに危険です。私たちは、少なくとも何らかの進展を見たと言えなければならないのです。誰にも弱みを見せることはできません。

モーゼス・ベン・ナフマン　私に助言してくれるユダヤ人の議論にあなたの議論が似ているのは意外です。

ライムンド・ド・ペナフォルテ　ほら、私の言ったとおりでしょう。あなたの側に若干の慎重さを期待できることはわかっていました。無理なことをお願いしているのではありません。少しだけ口調を変えてくだされぱいいのです。報告書を書く際に当てにできる言い回しさえあれば。

モーゼス・ベン・ナフマン　報告書ですって？

ライムンド・ド・ペナフォルテ　おお、そうです。報告書です。あなたが心配することではありません。論争にある種の飾りをつけるのは当然のことです。こちらで作成する報告書にあなたが全面的に同意することはおそらくないでしょうが、ただあなたに望むことはあからさまな矛盾がないことです。

モーゼス・ベン・ナフマン　そうですか。

ライムンド・ド・ペナフォルテ　今回のあなたの訪問が無駄足ではなかったらいいのですが。

モーゼスが舞台の反対側に移動するにつれて、ライムンド・ド・ペナフォルテにあたっている照明が溶暗する。

第五場

論争の場面。国王、女王、パブロ、ライムンド、モーゼス、廷臣たち。

ライムンド・ド・ペナフォルテ　本日は論争における第二の論題に進みます。聖書やタルムードで語られているメシアは神的な存在なのかそれともあくまでも人間なのかという問いです。

モーゼス・ベン・ナフマン　国王陛下、異議を申し述べてよろしいでしょうか？

ハイメ国王　（不機嫌になって）異議だと？

モーゼス・ベン・ナフマン　さようでございます、国王陛下。第二の問いにどのように取りかかったらよいのかわからないのでございます。

ハイメ国王　何でそんなことがわからないのだ。

モーゼス・ベン・ナフマン　パブロはメシアの到来を納得させることができなかったのですから、そのメシアが神的な存在かどうかを論ずる意味があるのでしょうか？

ハイメ国王　パブロ、どうだ？

パブロ・クリスティアーニ　ラビ・モーゼス自身が最初に同意したように、この問いもまたキリスト教徒とユダヤ人の間の主要な論争点のひとつなのですから、何で議論すべきでないというのでしょうか？

モーゼス・ベン・ナフマン　しかしながら、今回の論争の本題が、イエスこそがメシアだというあなた方の主張だったことは確かでしょう。

パブロ・クリスティアーニ　まったく違います、国王陛下。私たちは、特殊イエスのことというより、メシア一般について議論しているのでございます。抽象的かつ原典に基づいて、第一に、メシアが到来したかどうか、第二に、そのメシアの本性は神的かどうかを発見しようと努めているのでございます。この二つの問いは、まったく別々に論ずることができます。

モーゼス・ベン・ナフマン　メシアが到来したこと、そのメシアが神的な存在だということを同時に私に説こうとしているわけではないのは確かにわかりましたが、あなたにとってメシアは、イエス以外に誰がいるというのですか？

パブロ・クリスティアーニ　ラビは愚かな振りをするなどという信じがたい演技をしています。私たちのあらゆる議論がイエスに関わることは確かです。しかし、イエスとの関わりは間接的に過ぎません。先にも述べたように、私たちはメシア一般について論じているのです。どんな種類のメシアを期待すべきなのかがわからない限り、ユダヤ人がイエスを受け入れることはけっしてないでしょう。

モーゼス・ベン・ナフマン　パブロ、そう言ってくださって感謝します。とても有意義なお答えでした。それでは、今後の議論を行なうために、私たちはイエスに関してではなく、ただメシア一般についてのみ語っているということでよろしいですね？

パブロ・クリスティアーニ　それで結構です。

モーゼス・ベン・ナフマン　素晴らしい。私はこの点を明確にしておきたかったのです。その結果、私がお話しすることはすべて、キリスト教徒によって最も神聖視されている特定の個人や人々に対して向けられたものではないことになります。今回の論争の第二部に参加するのにとても消極的だったのですが、これからの議論が原典に関してであって、特定の人間に関してではないことが今やはっきりと確定されたことを喜んでおります。

ハイメ国王　やれやれ、ようやく問題に決着がついたようだから、さあ始めよう、パブロ。

パブロ・クリスティアーニ　国王陛下、ありがとうございます。私たちは旧約聖書に基づく議論にすっかり熟知しておりますが、われわれキリスト教徒は、神的なメシアという信仰をその旧約聖書に見いだしております。さらに私たちは、ユダヤ人が旧約聖書の章句から自己正当化を試みる議論も承知しています。しかしながら、これから私がタルムードから引用する本文に関しては、彼らは言い逃れができないでしょう。そのタルムードの本文によれば、ユダヤ人が主張するような、エルサレムのダビデとソロモンの王座に座る、死すべき運命にある単なる地上の支配者ではなく、神的なメシアをタルムードが待望していることは明瞭に示されています。タルムードはこう述べています。（間、次に大声で）メシアは神の右手に座すであろう、と。（効果を示すための間）単なる可死的な人間が神の右手に座すことがどうしてできるでしょうか？　メシアが単にエルサレムの王座に座るのだとしたら、父なる神の右手に座すことなどどうしてできるというのでしょうか？

ハイメ国王　ラビ、これに対して何か言うことがあるか？

モーゼス・ベン・ナフマン　神に右手がありますか？

パブロ・クリスティアーニ　いいえ、文字どおりには否ですが、霊的な意味においては、あるといえます。もしそうでなかったら、タルムードは、それについて語ることはなかったでしょう。われわれキリスト教の聖書も、イエスが神の右手に座すと語っています。

モーゼス・ベン・ナフマン　はて、この表現は、タルムードだけではなく、ヘブライ語聖書にもあることに言及しなかったようですが。

パブロ・クリスティアーニ　ええ、もちろんあります、詩篇の中に。「主は、私の主に仰せられる。私の右手に座すがよい」と。しかしながら、私がタルムードを引用したのは、この表現の対象はメシアであるとタルムードが断言している事実を明らかにするためです。しかも、私たちの論争は、もっぱらこのタルムードに依拠しているのです。

モーゼス・ベン・ナフマン　この見事な一節を見つけられるとは、パブロ、あなたは何と偉大なタルムード学者なのでしょう。

パブロ・クリスティアーニ　ラビ、私は偉大なタルムード学者を気取るつもりはありません。あなた自身を含むユダヤ人の間の偉大なタルムード学者たちに私が言いたいのは、いくつかの明瞭な箇所に注目を払っていただく必要があるということだけです。

モーゼス・ベン・ナフマン　はい、それはわかりきったことです。あなたは、その一節が書かれている箇所の全体を読まれたのですか、それともその最初の数語だけですか？

沈黙するパブロ。

モーゼス・ベン・ナフマン　あなたがもう少し先まで読んでいたら、アブラハムが神の左手に座すであろう、という一節に目が留まったことでしょう。あなたは、アブラハムも神的な存在だと論ずるおつもりですか？　あなたは、自分がタルムードを聖なる書物として扱っているのだから、それだけで私たちが感謝の気持ちを抱いてしかるべきだと思っておられるようですね。しかしながら、あなたには、タルムードを分別ある書物として扱っていただかなければなりません。文脈を無視して、でたらめに章句をつまみ出すのではなくて。

ライムンド・ド・ペナフォルテ　ラビ・モーゼス、なぜそんなに人を見下した態度を採られるのですか？　あなたには失望しました。私たちがまるで兄弟のように一緒になって、タルムードを論ずることはできないのですか？　あなたには、私たちがタルムードを旧約聖書と同様に聖なるものと見なしているのがわからないのですか？　私たちは、あらゆる証拠をユダヤ教に依拠させ、あたかもユダヤ人自身であるかのように語っているのです。私たちがあなたに訴えているのは、「あなたがキリスト教とユダヤ教の間に見ている大きな隔たりを水に流してください。われわれはみんなアブラハムの子らでありませんか」ということです。

モーゼス・ベン・ナフマン　なるほど、見上げたものです。しかしながら、この称賛すべき主張に対してひとつ質問させてください。あなたたちキリスト教徒が真のユダヤ人であって、われわれユダヤ人はユダヤ人を装っているに過ぎないと主張されているようです。

ライムンド・ド・ペナフォルテ　それはどういう意味ですか？

モーゼス・ベン・ナフマン　先ずあなたたちキリスト教徒はわれわれの聖書を自分のものにしましたが、今度はわれわれのタルムードすら自分のものにしようとしています。

ライムンド・ド・ペナフォルテ　聖書もタルムードもあなたたちのものではありません。神のものです。

モーゼス・ベン・ナフマン　これまでの長い間、あなたたちはわれわれに次のように主張してきました。「聖書の意味を知っているのは、あなたたちユダヤ人ではなく、われわれキリスト教徒のほうだ」と。さらに今度は、次のような主張をしています。「タルムードの意味を知っているのもわれわれキリスト教徒であって、あなたたちユダヤ人ではない」と。先ず、われわれの相続財産のひとつをわれわれから引き剥がし、今度はもうひとつの財産をわれわれから奪うのを狙っているようです。聖書、あるいはあなたたちの言い方では旧約聖書、とタルムードのどちらについてもそれを解釈する仕方を最も良く知っているのは、聖書を神から授かり、何世紀にもわたる私たちの努力によってタルムードを創り上げてきたユダヤ人だと、私は主張しているのです。

ライムンド・ド・ペナフォルテ　では、われわれキリスト教徒に残るものは何だと言うのですか？

モーゼス・ベン・ナフマン　われわれユダヤ人がユダヤ人であることを排除しないような

キリスト教徒のあり方を自分たちで見つけるべきでしょう。

ライムンド・ド・ペナフォルテ　ラビ、逆にあなたは、われわれがキリスト教徒であることを不可能にしているのではないかと危惧します。あなたの発言は行き過ぎです。

ハイメ国王　（モーゼスに）そなたの議論を続けなさい。

モーゼス・ベン・ナフマン　タルムードからパブロが引用した一節を含む箇所には、「祝福さるべき聖なる神が来られるとき、メシアは神の右手に、アブラハムは神の左手に座すであろう」とあるのです。（パブロに向かって）もう一度、問います。タルムードがアブラハムについて語っている部分をどうしてあなたは省略したのですか？

沈黙したままのパブロ。

モーゼス・ベン・ナフマン　神の右手に座すことがメシアの神的存在の証拠だとしたら、アブラハムはどうなりますか？　アブラハムも神的存在だということになりますか？　パブロ、あなたのタルムードからの引用はかなり恣意的に映ります。あなたの発見を巡る論争を開催するために国王にユダヤ人の賢者をあなたの面前に集めさせる引き金となったのが、タルムードに関するこのご大層な洞察だったというのですか？　あなたがユダヤ教からキリスト教に改宗するきっかけとなったのは、この洞察ではまさかないでしょうね。

パブロ・クリスティアーニ （激昂を抑えきれない様子で）それはまったく違います。神的な存在である主、イエス・キリストに出会ったからです。イエス・キリストは、処女降誕という奇跡の誕生をしましたが、この事実によってイエスが単なる人間の子ではなく神自身の子であることが示されているのです。（間）ラビ・モーゼス、メシアが処女から生まれるという奇跡的な誕生をイザヤが予言しているのを認めるかどうか返事をしてください。

モーゼス・ベン・ナフマン イザヤですって？　私たちはタルムードについて語っているものとばかり思っていました。メシアが処女降誕するという一節をタルムードの中に見つけることがあなたにはできないのでしょうね。（国王に向かって）国王陛下、メシア一般についてだけ議論することに同意しておきながら、パブロは、イエスの事例に議論を引き入れようとしています。

パブロ・クリスティアーニ イエスへ言及したのは偶然に過ぎません。私があなたに問うているのは、処女からメシアの生まれることが予言されていないかどうか、そしてこの事実がメシアの神性の証拠ではないか、ということです。

モーゼス・ベン・ナフマン そのような予言はありません。

パブロ・クリスティアーニ　そうでしょうか？　イザヤは、「処女が身ごもって……」と率直に語っているのですよ。

モーゼス・ベン・ナフマン　あなたの翻訳ではそうです。しかし、ヘブライ語では、「処女」とは言っていないのです。その箇所で使われているヘブライ語はアルマーですが、その語は単に「乙女（おとめ）」を意味し、処女を意味しません。「処女」を表すヘブライ語は、ベトゥラーという別の語です。しかも、たとえ子どもが処女から生まれたとしても、それが何を証明するというのでしょうか？　その子が神的存在などということではなく、ただ神が奇跡を行なったということだけではありませんか？　神はどんな奇跡も行なうことができます。神がそう望むなら、子どもを石から生み出すことだって。神は、九十歳の年老いた女性サラにイサクを授けましたが、そのことによって、イサクが神的な存在になったわけではありません。

パブロ・クリスティアーニ　それではイエスは処女から生まれたかもしれないのですね？にもかかわらずイエスの神性を証明するものではないと。

モーゼス・ベン・ナフマン　パブロはまたイエスを蒸し返しています。

ハイメ国王　それはメシア一般に関わる問題だ。彼に答えなさい。

モーゼス・ベン・ナフマン　神はどんな奇跡も起こすことができます。ラザロは死者からよみがえりましたが、あなた方の聖書ですら、したがって、ラザロは神的存在だとは論じていません。奇跡と神性を混同すべきではありません。

パブロ・クリスティアーニ　これはとても興味深い。イエスは奇跡によって生まれ、奇跡によって復活したかもしれないと、あなたは実のところそう思っているのですか？

モーゼス・ベン・ナフマン　いいえ、そうは考えていません。イエスは他の人間と同じように生まれ、そして死んだと思っています。

パブロ・クリスティアーニ　もしイエスが奇跡によって生まれたのではないとしたら、彼のお母さんは不貞を働いたことになりますね？

観衆の間にざわめきが起きる。不意をつかれるモーゼス。パブロ、容赦せず続ける。

パブロ・クリスティアーニ　ヨセフがイエスの父でないことは周知の事実です。イエスの父は神ではないとあなたは主張します。さらに、イエス誕生の奇跡もあなたは否定します。とすれば、われわれの聖母、処女マリアに何が残されますか？

モーゼス・ベン・ナフマン　国王陛下……。

パブロ・クリスティアーニ　（腹立たしげに制止する）ユダヤ人がイエスについて何と言っ

ているか私が知らないとでも思っているのですか？　イエスは私生児で、母は姦婦だと。これについてあなたに何か弁明できますか？

モーゼス・ベン・ナフマン　パブロの申し立ては重大な問題をはらんでいます。パブロの質問はイエスとその母マリアという特定の個人に関するものであり、今回の論争は特定の個人についてではなく、原典について行なうことが同意されているのですから、私がそれに答える義務はありません。しかしながら、もし私が答えなければ、彼の申し立てはユダヤの同胞に害を及ぼしかねないので、一言申し述べたいと思います。

ハイメ国王　話を続けよ。

モーゼス・ベン・ナフマン　われわれユダヤ人はイエスを私生児とみなしておりません。またマリアが姦婦だとも思っていません。

ハイメ国王　では、イエスの父は一体誰なのだ？

モーゼス・ベン・ナフマン　ヨセフです。

ハイメ国王　だが、福音書は、ヨセフが父ではないと語っているぞ。

モーゼス・ベン・ナフマン　福音書はキリスト教の作品であり、われわれユダヤ人が信じなければならないものではございません。

パブロ・クリスティアーニ　ラビはキリストの神性もマリアの処女性も否定している。

モーゼス・ベン・ナフマン　私はユダヤ人で、ユダヤの信仰を抱いております。しかしながら、われわれユダヤ人は、あなた方の宗教において神聖とされるひとびとを侮辱するような信仰をもっておりません。ヨセフとマリアはどちらも、われわれの見解では、善良なひとです。われわれは、あなた方のようには、処女性を尊びません。一生処女だとしたらわれわれは気の毒に思うだけです。マリアは、処女どころか、夫ヨセフに子どもを産んだユダヤ人のいい母親でした。ヨセフの父性を否定し、その結果、イエスの正統性に関してまったく不必要な疑いを向けているのはあなた方キリスト教徒です。

ハイメ国王　ラビ、そなたは冒涜の嫌疑のひとつを否定するあまり、不幸にも、他の冒涜を認めることになってしまったぞ。

モーゼス・ベン・ナフマン　ですが、国王陛下、もし私がキリスト教の教えを信じているのだとしたら、陛下はなぜあらゆる困難を押してまで、私を改宗させるための論争を断行されたのですか？　私は不信仰を認めますが、侮辱したとは認めません。

ライムンド・ド・ペナフォルテ　国王陛下、どうも論争の目的からずれてしまったようでございます。

ハイメ国王　確かに予期せぬ展開があったようだ。パブロ、タルムード本文の議論に戻ろうではないか。

パブロ・クリスティアーニ　タルムードには、メシアは世界創造以前に存在した、とあります。（間）メシアが神的存在でないとしたら、このようなことはありうるでしょうか？

モーゼス・ベン・ナフマン　パブロ、あなたは原文を読み違えています。メシア思想は世界創造以前にも神の心の中に存在したと、タルムードは述べているのです。どのようにしたら神は計画をもたずに、世界を創造できるでしょうか？　メシアは神の世界計画の極致なのです。

パブロ・クリスティアーニ　（執拗に）もしメシアが、あなたの言うように、神の世界計画の極致であるとしたら、どうしてメシアが単なる人間でありうるのでしょうか？　いかにしたら世界が人間によって救済されるというのでしょうか？

モーゼス・ベン・ナフマン　メシアが世界を救うのではありません。神の教えの光に向かうことによって世界が自らを救わなければなりません。その時、メシアが現れるのです。

パブロ・クリスティアーニ　どのようにしたら人間が人間を救済できるのですか？

モーゼス・ベン・ナフマン　人間が救われる他の方法がありうるでしょうか？

パブロ・クリスティアーニ　人類は無力です。人類はアダムの堕罪に沈んでいます。キリスト・メシアの到来が人類の救済だったのです。そして今や、人類は、キリストという偉大なお方の肉体である教会によって救済されるのです。それ以外では一切が失われます。

モーゼス・ベン・ナフマン　アダムが罪を犯したとき、罪を犯したのは彼自身です。私が罪を犯したのではありません。アダムも人間、私も人間であって、各人は他人の罪に対してではなく、自分の罪に対して責任があるのです。アダムの罪のためにどうしてこの私が罰を受けなければならないのでしょうか？　神的なメシアが来て私を救う必要があるのでしょうか？　胎内に戻るための母なる教会が必要なのでしょうか？

パブロ、無言の怒りのまま歩き回る。決心したように発言する。

パブロ・クリスティアーニ　もしイエスが神的存在でないなら、彼は何者ですか？　悪魔ですか？

モーゼス・ベン・ナフマン　悪魔ではありません。

パブロ・クリスティアーニ　あなたの主張によれば、イエスは神を名乗ることで人類を欺いたことになります。もしそうだとすれば、イエスはひとを欺く悪魔だということになりませんか。

モーゼス・ベン・ナフマン　国王陛下、パブロはまたもや約束を破っています。彼は、イエスではなく、メシア一般について述べなければならないのです。

パブロ・クリスティアーニ　イエスは神を名乗った。イエスは神か、嘘つきか、どちらかです。ラビ・モーゼス、あなたはどちらを選ぶのですか？

モーゼス・ベン・ナフマン　（嘆願声で）国王陛下……。

ハイメ国王　ラビ・モーゼス、その質問に答えよ。

モーゼス・ベン・ナフマン　黙秘します。

ハイメ国王　何だって？

モーゼス・ベン・ナフマン　回答を拒否します。

長い沈黙の間。

ハイメ国王　では回答を拒否する理由を述べなさい。

モーゼス・ベン・ナフマン　なぜと申しましても……（もじもじしながら）なぜなら……。

ハイメ国王　何だ？

モーゼス・ベン・ナフマン　（気が進まない表情で）その問いに答える力量がないからでございます。

ハイメ国王　力量がないだと？

モーゼス・ベン・ナフマン　国王陛下、私の研究はすべて私たちユダヤの書物に捧げられております。新約聖書に関わる問いに答える力量をもち合わせていないのです。私ではなく、この問題を十分に研究したことのある他のユダヤ人学者を見つけていただかなければなりません。

ハイメ国王　そうか、そなたにしては、これは思いもよらない謙遜ぶりではないか。

モーゼス・ベン・ナフマン　国王陛下、ユダヤ人のメシア信仰に関するどんな質問にもお答えする用意がございます。そのような信仰がキリスト教の考えとどう関係するかまで私が知っていると思われているとしたら、それは見込みちがいでございます。

パブロ・クリスティアーニ　国王陛下、これは単なる言い逃れにすぎません。モーゼスが沈黙を守っているのは、われわれの主に対する憎悪と軽蔑を暴露することによって、彼と彼の同胞のユダヤ人が罪に問われたくないからです。

ハイメ国王　ラビ、それは本当か？

モーゼス・ベン・ナフマン　申し上げることは何もございません。

ライムンド・ド・ペナフォルテ　（前に進み出て）国王陛下、このようなやり方でラビ・モーゼスに圧力を加えるべきではないと思います。

パブロ・クリスティアーニ　その提案はいただけません。

ハイメ国王　（面白がって）そなたは目上の者に盾突くというのか？

パブロ・クリスティアーニ　兄弟ライムンドは私の尊敬を一身に集めております。彼は私にキリスト者としての役目をここで果たさせようとしていますが、私は私のやり方で押し進めなければならないのです。原典を論ずるだけでは十分とはいえません。ユダヤの異端ぶりをすっかり明らかにしなければならないのです。

ハイメ国王　異端だと？　ユダヤ教は公認された宗教だと思っていたが。

パブロ・クリスティアーニ　異端に関する概念は変化するものです。

ライムンド・ド・ペナフォルテ　それは、だめです。異端概念を変化させてはなりません。ユダヤ人はわれわれの先祖で、われわれの信仰の土台である旧約聖書の守護者です。ユダヤ人は、強制ではなく説得によって改宗させなければなりません。彼らに危害を加えてはならないのです。

ハイメ国王　ラビ・モーゼス、これでもまだ黙秘を続けたいか？

モーゼス・ベン・ナフマン　はい、国王陛下。

ハイメ国王　まだ力量のなさに訴えるというのか？

モーゼス・ベン・ナフマン　はい、そのとおりでございます、国王陛下。

パブロ・クリスティアーニ　国王陛下、今回の論争でキリスト教側が全面的に勝利を収めていることは明白です。このユダヤ側論者は沈黙を余儀なくされ、さらには、問われた質問に返答できないことすら認めているのです。

ハイメ国王　ラビ・モーゼス、敗北を認めるか？

モーゼス・ベン・ナフマン　認めません。

ハイメ国王　だがしかし、そなたは沈黙する羽目に陥ってしまったではないか？

モーゼス・ベン・ナフマン　今回定められた論争の範囲外の質問に対してだけでございます。

ライムンド・ド・ペナフォルテ　国王陛下、この点では彼の言うとおりでございます。

パブロ・クリスティアーニ　もし彼が敗北を認めないとすれば、唯一残された結論は、もし回答していれば、冒涜になっていたのをラビは知っているということです。彼は発言した場合の帰結を恐れているのです。

モーゼス・ベン・ナフマン　(沈黙の後) 国王陛下、私が沈黙したとしてもあるいは発言したとしても、いずれにせよ、その結果は陛下のユダヤ人臣民に危険を及ぼすことでしょう。

ライムンド・ド・ペナフォルテ　黙っていなさい。

ハイメ国王　ラビの安全は私が保証する。話しなさい。

モーゼス・ベン・ナフマン　（諦めたように）ではお話いたします。私はイエスを詐欺師だとも悪魔だともみなしていないことを断言したいと思います。イエスは善良な人間でした。

パブロ・クリスティアーニ　どうしてそんなことがありえるのですか？　イエスは神を名乗ったのではなかったのですか？　あなたの主張では、神を名乗ったイエスは人類を欺いたということになるのですよ。したがって、イエスはひとを欺く悪魔にちがいないと。

モーゼス・ベン・ナフマン　私の新約聖書研究によれば、イエスが神を名乗ったことなどけっしてないことは明らかです。教会が、イエスの教えを偶像崇拝へと歪めてしまったのです。

衝撃と恐怖。

パブロ・クリスティアーニ　ならば、キリスト教が偶像崇拝だと言うのですか？

モーゼス・ベン・ナフマン　第一戒に「あなたには、私の他に他の神々があってはならない」とあります。人間を神として崇拝するのは偶像崇拝です。エジプト人が人間ファラオを崇拝したときに犯したのがこの偶像崇拝の罪でしたし、ローマ人が人間皇帝を崇拝したとき犯したのもこの同じ罪でした。

騒然となり、「彼を殺せ」、「冒涜者を焼き殺せ」の叫び声。

モーゼス・ベン・ナフマン　（叫び声を無視し、法的主張を述べる穏やかな口調で）しかしながら、ラビの中には、キリスト教は、聖書に基づいており、しかもタルムードで規定されている偶像崇拝的な儀式を行なっていないので、偶像崇拝ではなく、ユダヤ教の異端にすぎないと主張する者もいます。

ライムンド・ド・ペナフォルテ　（照明の中に入り）異端にすぎないですって？

観衆にどよめきが走る。ハイメ国王、怒ったように手を挙げる。

ハイメ国王　静まれ。

たちまち静まり返る。照明が変わる。（論争中断）

第六場

ハイメ国王、ライムンド、ヨランダ女王、パブロ。

ライムンド・ド・ペナフォルテ　私の手に負えない問題になってしまいました。

ハイメ国王　それはどういう意味だ？

ライムンド・ド・ペナフォルテ　あのラビは、どんな場合においてもけっして言ってはならないことを、言ってしまいました。

ハイメ国王　これこれ、ライムンド。大袈裟に言うでない。たかが論争ではないか。

ライムンド・ド・ペナフォルテ　国王陛下、畏れながら、陛下は事態を把握しておられないようでございます。ラビは公衆の面前で冒涜の言葉を吐いたのです。教会法では、死刑に値します。

ハイメ国王　だが、率直な発言を私が許可したのだ。

ライムンド・ド・ペナフォルテ　国王陛下、なるほど確かに陛下が許可なさいました。しかしながら、その事実は法的事情に影響を与えるものではございません。

ハイメ国王　（怒って）法的事情がどうこうなど聞く必要はない。私がアラゴン国の法なのだ。

ライムンド・ド・ペナフォルテ　国王陛下、確かに陛下がアラゴン国の法でございます。それは世俗法でして、それゆえ、陛下には生殺権があります。ところで陛下には教会法を履行する責任もおありになり、その教会法は冒涜罪に対して死刑を要求するのでございます。

ハイメ国王　ラビが望んで冒涜を行なったのではない。彼は、黙秘を望んだのだ。

ライムンド・ド・ペナフォルテ　まったく仰せのとおりです。パブロの行なった尋問のやり方を私は遺憾に思っております。しかしながら、冒涜は現実に起きてしまったのです。

ハイメ国王　ライムンド、論争の最中にわれわれの側が行なった発言の多くがユダヤ人の冒涜を誘発させたとは思わないのか？

沈黙。

ライムンド・ド・ペナフォルテ　（気を遣いながら）国王陛下、陛下はまことに公正でございます。しかしながら、一言申し上げておきたいと存じます。公正な戦いというものは、あまり緊急の事態ではない場合には最大の推奨事なのですが、その公正な戦いを陛下が強く望まれますと、その願望が陛下を地獄の火に直行させてしまうかもしれないのです。

ハイメ国王　公正な戦いがキリスト教の徳ではないというのか？

ライムンド・ド・ペナフォルテ　条件つきでは徳といえますが、絶対的な概念としては、異教のものです。

ハイメ国王　論争に必要と思われるものはどんな議論を述べてよい、しかもその報復はけっしてないのだと、私はラビ・モーゼスに保証してしまった。

ヨランダ女王　ユダヤ人に保証ですって？

ハイメ国王、無言のまま女王に軽蔑の眼差しを向ける。

ヨランダ女王　それでもあなたは衝撃を受けないのですか？　これほどまでに完全な邪悪を耳にしたことがありまして？　ユダヤ人がキリストを認めようとしないのはその頑固さによるのだと思っていました。真実はさらにひどいものでした。ユダヤ人は、私たちを異端の偶像崇拝者と見なしているというのですよ。

パブロ・クリスティアーニ　国王陛下の過度な正義感がキリストの傷に唾を吐きかける機会をユダヤ人に与えてしまいました。だが少なくとも私たちは、どのような状況なのかを正確に把握しております。

ハイメ国王　そなたたちが戦いを望むなら、何がしかの打撃をこうむるのを覚悟すべきだ。ユダヤ人がただ冒涜したいがために発言したとは私には思えないのだ。

ライムンド・ド・ペナフォルテ　（平静さを保てずに）陛下はどちらのお味方なのですか？

ハイメ国王　（にらみつけて）身の程を知れ、ライムンド。

ライムンド・ド・ペナフォルテ　申し訳ございませんでした、国王陛下。熱心さのあまり興奮し過ぎて語ってしまいました。しかしながら、私たちはユダヤ人自身の安全も考慮してあげなければなりません。ラビ・モーゼスをこのまま何も罰しないでおきますと、暴動が発生するかもしれません。

ハイメ国王　（急に激怒して）暴動の発生だと？　私はこれから先もずっとアラゴン国王なのだ。我が王国の法に誰にも口出しはさせせぬ。

ハイメ国王、退場。

全員がしばらく沈黙。

ライムンド・ド・ペナフォルテ　国王は譲らないでしょう。パブロ、これはあなたのしたことです。国王と教皇の衝突はもはや避けられません。

ヨランダ女王　まだ国王は論争の進行を中止していません。ラビは動揺しています。彼は身の危険を察知しているはずです。パブロ、今こそ彼を改宗させるいい機会です。

照明、明るくなる。論争再開。

パブロ・クリスティアーニ　私の最終議論として、原典解釈ではなく、我らが主、イエス・キリスト御自身の教えに向かいましょう。

パリサイ派と徴税人が並んで祈る話を思い出してください。パリサイ派は祈りながら言った。「私が他のひとたちのようでないことを神に感謝します」と。すると、徴税人は自分の胸を叩きながら「神よ、罪人の私に憐れみを」と言ったという話です。そしてキリストは、神の眼から義とされるのはパリサイ派ではなく、罪人のほうだと語っています。これがキリスト教とユダヤ教の相違です。自分自身の心を覗き、自分の堕落に気づいてうろたえる者が、救世主なくしては自分が喪失してしまうことを認識するのです。

地獄の深淵を覗き込み狼狽することが、知恵の始まりです。あなたの宗教は選ばれた少数者、エリートのためのものです。その宗教は万人の心が求めているものに応えてはくれません。キリスト教会が毎日のように新しい改宗者を得て、世界中に広まりつつあるのはこのためです。キリスト教徒は天国と地獄の間に立っていますが、それはまるで落し穴に足を突っ込んだまま、破滅の瀬戸際から引き上げてくださる救世主に向かって両腕を差し出しているような有様です。

ところが、ユダヤ人によると、メシアはただの人間に過ぎず救済をもたらすものではないというのです。自分たちには律法の学習と実践があるので、救済は必要ないと言い張ります。この考えがいかに浅薄で傲慢でひとりよがりなものであるかをラビ・モーゼスに反省してもらいたいと思います。

（モーゼスに向かって）あなたは、我こそはラビだ、すなわち一般民衆より上の学識ある優れた人間だ、と思っていませんか？　自分のことをただの人間だと思ってください、そして、涙をためて、「神よ、罪人の私に憐れみを」と言ってみてください。そうすれば、神的な救世主が求められていることがわかるはずです。

（全員に向かって）神の御加護によって、ユダヤ人の心の琴線に触れんことを祈ります。

（長い途切れ）

モーゼス・ベン・ナフマン　浅薄、傲慢、ひとりよがり。ユダヤ教に対してパブロの投げかけた非難がこれです。これは重大な言いがかりです。自分の罪深さを知るのは確かにとてもよいことです。しかしながら、さらに進んで、自分たちをまったく無価値のものとみなすのはどうでしょうか？　私たちは、神の似姿に創造されたのではなかったですか？　自分たちを無価値とみなすのは、私たちを創造してくださった神に対する侮辱ではありませんか？　自己批判は大切ですが、あなたはユダヤの著作以外にこのような自己批判の例を見つけることができますか？　他のどの民族が自分の聖なる書物に有罪とされるあらゆる堕落、弱さ、罪、背信行為を記録に留めてきましたか？　しかも敵たちは、われわれを非難するためにその記録を早速利用するのです。それでも、恐れることなく自分の欠点を敵にさらす民族は祝福されます。何が謙虚さの目的なのかを考えましょう。自分の過ちを学び、将来に向けそれを正すことではないですか？　しかしながら、謙虚さのあまり、「私はまったく無価値だ、私のどんな行為もいいものではありえない、私を救えるのは神の介入しかない」というところにまで行き過ぎてしまうと、向上心が失われてしまいます。したがって、過度な謙遜は怠慢の口実になってしまうのです。あなたたちキリスト教徒がやっているのはこれではないですか？

ライムンド・ド・ペナフォルテ　言葉に気をつけなさい。

モーゼス・ベン・ナフマン　あなたたちは、自分を引き受けてくれるように神に頼み、神があなたたちに与えたこの世の任務を放棄するのです。まるで歩くのを嫌がる子どものように。

怒りの轟音が観衆に広がる。

モーゼス・ベン・ナフマン　さらにひどいことが起きています。あなたたちは、救世主が地獄の底から罪なき状態へと救い出してくれたので、もはや悪いことをすることはありえない、と信じています。見え透いた謙遜からとてつもない傲慢に変身して、自分たちは救われたと宣言し、今や神は自分たちの口を通して語りかけるのだと主張するのです。

観衆に怒りが高まる。

モーゼス・ベン・ナフマン　われわれユダヤ人は、この地上の何人も罪なしにはありえないことを知っています。モーゼも罪を犯しましたし、メシアですら例外ではありません。私たちは、生まれた最初の日から終わりの日まで悪への衝動と格闘しなければならないのです。これはわれわれのひとりよがりでしょうか？　われわれユダヤ人は誇りをもっていますが、われわれはすべての人に誇りをもってもらいたいのです。われわれは神に選ばれましたが、それは何のためでしょうか？　権力を得るためでしょうか。自分たちの幸福のためでしょうか。所有物の安心・安全のためでしょうか。安らぎと慰めのためでしょうか。そうではありません。苦痛、悲惨、迫害、地の面を流浪するためです。われわれが地獄を知らないなどと言わないでください。われわれは毎日絶えず消滅の瀬戸際に立たされています。われわれのすべての世代が、われわれを地上から除去しようとする人々に直面しています。われわれを導く唯一の火柱を頼りに砂漠を渡ることによって長旅に出掛けて以来ずっと、われわれは地獄の深淵を見続けてきたのです。メシアの時代が到来し、地上に平和と人類愛で満たされた約束の地が出現するまで、われわれはこれからも旅を続けるのです。

騒然とする。照明、変わる。

第七場

ハイメ国王、ヨランダ女王。

ヨランダ女王　ハイメ、あなたはひどくまずいことをしてしまった。

ハイメ国王　それはどういう意味だ？

ヨランダ女王　あなたは必要以上にユダヤ人を厚遇してしまったのです。

ハイメ国王　だが、私はそのことを誰が知ろうともかまわない。今回の論争ではあのユダヤ人が多くの重要な点で勝っていたと私は思っている。

ヨランダ女王　それなら、どうしてユダヤ人にならないのですか？

ハイメ国王　何だって？　ユダヤ人になるだって？　愚かなことを言うな。

ヨランダ女王　あなたにはユダヤ人のほうに説得力があったのですから。

ハイメ国王　数日間の言葉の戦いに基づいて自分の宗教を決める者などおらぬ。剣ではなく言葉で戦う姿を見るのは愉快なだけだ。

ヨランダ女王　誰もがユダヤ人の勝利を認めているわけではありません。なのに、実際、褒美をあげてしまわれました。

ハイメ国王　褒美というほどの物ではないぞ、ヨランダ。私の評価の印に過ぎん。ほんの金貨数枚だ。

ヨランダ女王　王冠金貨三〇〇枚ですよ。何でまたこのような度量の広い姿を示したのですか？

ハイメ国王　敬意だ。不公平ともいえる論争の中でこんなに巧みに論じるのを聞いたのは初めてだ。

ヨランダ女王　聖なる論題について自由気ままに論じたことをラビは後悔することになるでしょう。

ハイメ国王　ヨランダ、あのラビに陰謀を企まないよう警告しておくぞ。

ヨランダ女王　陰謀ですって？　その必要はありません。神のよき計らいで、なるようになるだけです。これで事態が収拾するわけではけっしてありません。

第八場

モーゼス・ベン・ナフマンの自宅。ドアを叩く大きな音。外から声がする。

声　モーゼス・ベン・ナフマン、ここを開けなさい。

ユディット、ドアを開ける。国王の家臣、入室。

国王の家臣　モーゼス・ベン・ナフマン、あなたを逮捕します。
モーゼス・ベン・ナフマン　どういうことですか？
国王の家臣　あなたは冒涜の嫌疑で、教皇聖下の要請を受けたライムンド・ド・ペナフォルテによって訴えられています。この訴えをお調べになるため国王陛下が召集された法廷にあなたは出頭することになっています。
ユディット　でも、ラビは国王陛下自身から名誉を賜って自宅に送り帰されたのですよ。
国王の家臣　その事情は私にはわかりかねます。私は送り届けるだけです。

第九場

監禁室のモーゼス・ベン・ナフマン。パブロ・クリスティアーニ、入ってくる。

パブロ・クリスティアーニ　あなたの運命は決した。

モーゼス・ベン・ナフマン　誤解が広まっているので、私は自分の行なったことを文書に残さざるを得なかったのです。

パブロ・クリスティアーニ　国王は発言の自由を許可しましたが、文書は許可していません。教皇は書かれたものをとても気にされます。あなたの書いた物は教皇の直接の監督下に置かれることになります。

モーゼス・ベン・ナフマン　私は今回の論争で国王の全面的な許可を得て発言したことしか、文書に書いていません。ところが、ドミニコ会の人々は、地方のユダヤ人に対して、ラビは議論で全面的な沈黙を余儀なくされ、その敗北を公然と認めたと言いふらしているのです。さらに報告書が作成され、各地に配布されると聞かされました。私はこの風評を鎮める措置を採らざるを得ませんでした。さもないと、我がユダヤの民は困惑し狼狽するばかりではなく、神の禁ずる改宗すら受け入れてしまうかもしれなかったのです。

パブロ・クリスティアーニ　話し言葉は風のように消えてしまいますが、書かれた言葉は確固たるものなのです。この書かれた言葉によって多くの命が失われました。ラビ、あなたは以前なら話すことすら許されていなかった言葉を語ってしまいました。それだけでも十分でしょう。

モーゼス・ベン・ナフマン　だが、あなたも言うように、話し言葉は風でかき消されてしまいます。

パブロ・クリスティアーニ　改宗すればまだ間に合いますよ。

モーゼス・ベン・ナフマン　それはできない。

パブロ・クリスティアーニ　あなたは死にたいのですか？

モーゼス・ベン・ナフマン　とんでもない、われわれユダヤ人は自ら死を招くことは禁じられています。しかしながら、時には、死の危険を冒すことも命じられています。

パブロ・クリスティアーニ　あなたはまさに死に直面しています。あなたのタルムード的議論は今、どんな役に立ちますか？

モーゼス・ベン・ナフマン　私以前にも多くのタルムード学者が死に直面しています。彼らは勇気をもって死に立ち向かいました。

パブロ・クリスティアーニ　彼らが勇気を見いだしたとしても、それはタルムードのお陰ではなく、タルムードの教えがあるにもかかわらずです。死の瀬戸際にある人に救いとなるようなことはタルムードにありますか？

モーゼス・ベン・ナフマン　タルムードは死ではなく、生に関するものです。しかし、生を最も愛する者は、死に方も一番わきまえていると思います。

パブロ・クリスティアーニ　ラビ・モーゼス、あなたは自分が満ち足りているとは告白できないでしょう？　あなたのように気高い心の持ち主ですら。

モーゼス・ベン・ナフマン　私に何を言わせたいのですか？

パブロ・クリスティアーニ　悪夢の世界で、どうやって穏やかに仕事を続けますか？　私はタルムードを勉強しましたが、それはラビたちの話や物語であふれていました。でも私たちは、タルムードに出てくるラビたちについて何を本当に知っているというのでしょうか？　彼らの心の痛み、懐疑、恐怖、当惑、暗黒の絶望がどこにありますか？　どこにもありません。それどころか、世界が常に穏やかな夏の日の昼間であるかのように、細事にわたる冷静な議論の雰囲気があるだけです。そんな時、私はキリスト教の聖書、新約聖書を覗いてみると、そこには「わが神、わが神、どうして私をお見捨てになられたのですか」といった苦悩や絶望、「この死んだ体から誰が私を救ってくれるのでしょうか」という懐疑や当惑があったのです。そんな言葉が私に訴えかけるのです。これが私の知っている人生です。ラビたちのようなないものではありません。

モーゼス・ベン・ナフマン　では、世界が悪夢だという確信するようになったのですか？

パブロ・クリスティアーニ　フランスの大虐殺で父と母が殺されるのを見たときです。両親が八つ裂きにされるのを隠れたまま見ているだけで、私にはどうすることもできなかった。聖餐式用のパンを冒涜したという理由でユダヤ地区全体が破壊されるのも私は目撃したのです。

モーゼス・ベン・ナフマン　親愛なるパブロ、これがまさに人生の現実だと思っているのですね。

パブロ・クリスティアーニ　そうです。祭日に産まれた卵について論争するようなユダヤ人学界の人生ではありません。絶望した人間にそれが何の役に立ちますか？　ユダヤ人としての自分の体験から、ユダヤ教はこのような人間に何も言えないと、あなたに断言できます。危機に対処する仕方を知っている宗教が私には必要です。人生それ自体を危機として捉える宗教、その象徴が十字架で苦悩するひとりの人間です。

モーゼス・ベン・ナフマン　あなたのお父さんとお母さんを殺したのは、キリスト教の熱狂だったのでは？

パブロ・クリスティアーニ　キリスト教に責任はなかった。これが人生、それだけです。

飢饉や戦争の原因がキリスト教ですか？　人間の心に悪を住まわせるのもキリスト教でしょうか？　あなたは悪に対処するすべを持ち合わせていません。あなたはあらゆる悪をこうむっているのに、そこから何も学ばず、悪があなたの研究を妨げる一時的な不便だとしか考えていません。世界には悪があるにもかかわらず、すべては善だと思い込んでいる。キリストは、健康な人のためではなく病気の人のために来るのだと、語りました。健康な人など誰もいません。私たちはみな病気です。特に自分が健康だと思っている人こそ病気なのです。

モーゼス・ベン・ナフマン　心身ともに扱う医者として私があなたに言えるのは、もしすべての人が手の施しようもない病気だと考えたら、私は医者としての職業を放棄せざるを得ないだろうということです。健康を正常なもの、病気を何か異常が起きているものと、私たちは見なさなければなりません。病気は治療すべきものであって、諦めて受容すべきものではありません。しかしながら、患者の中には、健康より病気に興味を覚えて、治りたがらない者もいます。

パブロ・クリスティアーニ　おそらく彼らは、あなたには提供することのできないもっと根本的な治療を求めているのでしょう。

モーゼス・ベン・ナフマン　根本的な治療を探すのは誤りです。唯一の根本的治療、それは死です。私たちは、人間としての条件を受け入れなければなりません。けっして完全に健康でなくとも、ささやかな健康に感謝するのです。

パブロ・クリスティアーニ　死が根本的な治療です。われわれは復活のために死なければならないのです。

モーゼス・ベン・ナフマン　死の賛美者はそう言います。しかし、私も言いましょう。普通の薬では治療不能な患者は確かにいます。でも、邪悪な光景を目の当たりにして衝撃を受けるという体験の持ち主は、まだ治療可能です。（同情の眼差しでパブロを見つめ、穏やかな口調で）パブロ、まさしくあなたの両親を殺害した人々に啓発を求めにいくのではなく、病気を治すために、私の元に来なさい。

パブロ・クリスティアーニ　（激怒から絶叫し）あなたは、キリストの道に立ちふさがる傲慢で老いぼれた愚か者だ。あなたは偉大な人物になれるところだったのに。ユダヤ人をキリスト教に導くことができたのに。ところがどうでしょう。あなたも他の多くのユダヤ人も苦痛を受け、死ぬことになるのです。あなた方が創造主に対して取ることになる責任がそれです。

パブロ・クリスティアーニ、退場。

第十場

ハイメ国王の前のモーゼス・ベン・ナフマン。

ハイメ国王　ラビ・モーゼス、そなたに国外追放の判決を言い渡す。論争に関する自分自身の説明を無謀にも出版したことを考えると、これがそなたになし得た私の最善の判決である。論争でそなたが発言したことをもって冒涜罪とする試みは阻止したが、私は文書に記すことまでの許可を与えていなかった。私が死刑を認めたら、そなたは不満を申し立てることができなくなったであろう。そこで私は、そなたに対する私の個人的な配慮に基づいて、最大限そなたの利益になるよう尽力したのだ。そなたの命を救ったのはこの私だということをわかってくれればいいのだが。

モーゼス・ベン・ナフマン　よくわかっております、国王陛下。誠にありがたく思っております。

ハイメ国王　（より親しげな口調で）モーゼス、間一髪の所だったたな。そなたが何でこのような危険を冒したのか理解に苦しむ。そなたは自分の生命とそなたたちユダヤ人共同体の安寧を危険にさらした。モーゼス、どうしてこんな向こう見ずなことをしたのだ。

モーゼス・ベン・ナフマン　将来を展望しますと、われわれユダヤ人には苦難の道しか見えません。今後さらに論争が行なわれるでしょうし、彼らはもっと残忍な振る舞いをするでしょう。私は同胞の民にしっかり保てるものを残しておきたかったのでございます。かつて、公正な国王の下、ユダヤ人が率直に意見を述べることの許された機会があったという真の記録を残したかったのです。さもないと、論争に関するドミニコ会側の一方的な証言しか残らないことになるでしょう。

ハイメ国王　そうだったのか。追放以外に苦難を受けなければいいが。どこへ行くつもりだ？

モーゼス・ベン・ナフマン　私にはやるべき仕事がたくさんあります。その仕事を聖地で行ないたいと思っております。

ハイメ国王　長い旅になるな。

モーゼス・ベン・ナフマン　われわれユダヤ人は旅には慣れています。

ハイメ国王　そこでどんな仕事をするのじゃ？

モーゼス・ベン・ナフマン　聖地では律法研究が衰退しています。私は学院を設立するつもりです。そして聖地のユダヤ人口を増やさなければなりません。

ハイメ国王　何のために？

モーゼス・ベン・ナフマン　メシア到来の準備のためでございます。

ハイメ国王　すべてを自分だけで行なうのか？

モーゼス・ベン・ナフマン　いいえ、他にもおります。パリのラビ・イェヒエルもそこに来ることになっています。彼も論争の後で追放の身となったのです。国王陛下、喜んでください。あなたたちキリスト教との論争がイスラエルの地にユダヤ人居留地を建設する助けとなっているのです。

ハイメ国王　それは私の意図とはまるっきり違う。だが、そう受け取ってくれる気持ちはうれしいぞ。（間）ところで、ラビ・モーゼス、教えてくれ、いったいどうやって生計を立てるのだ？

モーゼス・ベン・ナフマン　私には職業があります。

ハイメ国王　ラビの？

モーゼス・ベン・ナフマン　いいえ、ラビは職業ではありません。私は医者です。

ハイメ国王　医者だって。（背中に痛みを感じるが、考えを変えて）いや、何でもない。（間）そなたのために私にできることはあるか、ラビ・モーゼス？

モーゼス・ベン・ナフマン　ただひとつ、今回の論争によって他のユダヤ人が被害を受けることがないよう見守っていただきたいだけでございます。

ハイメ国王　約束しよう。

モーゼス・ベン・ナフマン　あなたは立派なお方です。でも、キリスト教徒になり過ぎないでください。異教のいい所を是非残してください。

ハイメ国王　さらばじゃ、ラビ・モーゼス。そなたを見送るのは本当にとても残念だ。

モーゼス・ベン・ナフマン　では失礼いたします。(立ち去ろうとする)

ハイメ国王　ラビ、もうひとつだけ。

モーゼス・ベン・ナフマン　何でございましょう?

ハイメ国王　そなたから祝福の言葉が欲しい。

国王、ひざまずこうとするが、ラビ・モーゼスはたち上がらせたまま手を国王の頭の上に載せる。

モーゼス・ベン・ナフマン　イェシメハー、ハシェム、ケコレシュ、メレフ、パラス、メレフ、ツェデク、バゴイーム。

ハイメ国王　何と言ったのだ?

モーゼス・ベン・ナフマン　御名が、異教徒の中の義なる王であるペルシャ王クロスのように、あなたをしてくださいますように、と言ったのです。

ハイメ国王　義なる王を求めて、そんなに古くまで遡らなければならなかったというのか。

モーゼス・ベン・ナフマン、退室。

ヨランダ女王、入室。

ハイメ国王　ラビを追放したぞ。

ヨランダ女王　ハイメ、ハイメ、神があなたに微笑(ほほえ)んでいます。改宗が始まっているのです。(間)ハイメ、どうなさったのですか?

ハイメ国王　ラビ・モーゼスが以前私に語ったことを思い出していただけだ。ダビデ王のことを。

ヨランダ女王　あなたはお疲れのようです。私も寝室に戻ります。でもきっと眠れないでしょう。

ハイメ国王　お休み。

ヨランダ女王　ハイメ、私たちは今、偉業を開始しています。イスラム教徒もユダヤ教徒もいなくなり、キリスト教徒だけになるでしょう。キリスト教国の分裂もなくなるでしょう。ひとつに統一したスペイン大国になるのです。浄化されて純粋になったひとつのスペイン、聖なる王国、キリスト教国の王冠、キリストの世界支配の先駆者になるのです。

ハイメ国王　ヨランダ、そなたは本当にたいした女だ。

ヨランダ女王　お休みなさい、ハイメ。

ヨランダ女王、退室。

ハイメ国王　イエスが生まれる前の王だったらよかったのだが。

《完》

訳者あとがき

本書の戯曲の題材である「バルセロナ論争（一二六三年）」は、中世ヨーロッパにおいてキリスト教徒とユダヤ教徒との間で行なわれた論争の中でもっとも有名である。

論争の背景に関する簡潔な紹介を寄稿したサックス博士（英国統一ヘブライ教会主席ラビ）も指摘しているように、この戯曲は、歴史的事実の忠実な再現ではない。著者であるハイアム・マコービイ Hyam Maccoby の正統派ユダヤ教徒としての信仰や神学上の見地から、実際に行なわれた論争に依拠しつつも、それを大胆に再構成したものである。

因みに、バルセロナ論争に関する最近の歴史研究書としては、Robert Chazan, *Barcelona and Beyond: The Disputation of 1263 and its Aftermath*, University of California Press, 1992 がある。

キリスト教とユダヤ教が袂（たもと）を分かって以来、キリスト教徒の学者がユダヤ教について語ったり批判したりする書物は多数存在するが、ユダヤ教徒の学者がキリスト教について語ったり批判したりすることはきわめて珍しい。それには理由があるが、明敏な読者なら、本書からもその理由を読み取られるであろう。ローマ帝国によって国が滅亡し、離散の民となったユダヤ人は、ローマ帝国がキリスト教を国教化した四世紀末以後、キリスト教徒が圧倒的多数となったヨーロッパ社会において、少数者の宗教としてのユダヤ教を信仰し、その伝統を遵守して暮らしてきた。自分の信仰を守るだけで精一杯のユダヤ人には、キリスト教を学び知ろうとする余裕もないし、いわんや批判などできるはずもなかった。

ところが、この「バルセロナ論争」では、中世においては例外的に、アラゴン国王ハイメ一世（一二〇八～一二七六年）による言論の自由の保証のもと、ユダヤ教側の論者モーゼス・ベン・ナフマン（一一九四～一二七〇年）が、敢えて、ユダヤ教の立場からキリスト教に対する見解を率直に語ったのだ。この点でも、本書は貴重な書物といえよう。

キリスト教に対するユダヤ教徒の率直な見解、批判を耳にしたことのないキリスト教徒の読者の中には、キリスト教に対する冒涜ともとれる発言に言葉を失う方もおられるかもしれない。ハイアム・マコービイは、劇中で、「ラビは悪魔の手先です。悪魔があの男の口を通して語ったのです」とまで、女王に言わしめている。誤解を未然に防ぐために、訳者の責任として私見をここで述べさせていただくことにする。お断りしておくが、私はキリスト教徒でもユダヤ教徒でもない、哲学者のはしくれである。

まず確認したいのは、この論争が行なわれた舞台が中世のヨーロッパだということである。中世ヨーロッパ人の精神（またキリスト教信仰）と現代のわれわれの精神（またキリスト教信仰）には大きな隔たりがある。宗教・信仰も、時代とともにまた場所によっても変化する。ユダヤ教もキリスト教もその例外ではない。同じキリスト教であるがゆえに不変の部分もあるが、変わる部分も当然ある。例えば、現在のキリスト教徒で、天動説を信じているものはほとんどいないであろうし、進化論に反対する者も多数派ではないだろう。ユダヤ人（ないしはユダヤ教徒）が本当の悪魔であって人間ではないと信じているキリスト教徒はいないはずである。バルセロナ論争の論者たちは、その時代、場所において信じられていた宗教の代弁者であった。

次に、その当時は明確な争点、対立点だと思われたことが、実は、争点、対立点ではないということもありうる。バルセロナ論争で取り上げられた論題は、キリスト教とユダヤ教のまさに相違点であると、パブロ・クリスティアーニとモーゼス・ベン・ナフマンの双方で一致をみた。それは、（1）メシアはすでに到来したのか、それともまだ到来していないのかという問題と（2）メシアは神的な存在者であるのか、それとも人間なのかという問題である。パブロ・クリスティアーニは前者を主張し、モーゼス・ベン・ナフマンは後者を主張した。しかも、この二人の主張は、一方の主張が真であれば他方が偽となる背反的な関係にあり、その真理は聖書を典拠として理性によって判断できると当事者は考えていた。

バルセロナ論争開催の目的は、理性の説得によるユダヤ人のキリスト教徒への改宗であった（国王ハイメは、キリスト教徒のユダヤ教への改宗の可能性も指摘していたが）。ひとが半分だけ改宗するという事態は存在しない。例えば、ユダヤ教からキリスト教に改宗する場合、ユダヤ教が間違った宗教で、キリスト教が真の宗教だと確信するからであった（パブロ・クリスティアーニの事例）。

しかしながら、哲学的観点からは事態は異なって見えてくる。そもそも、キリスト教の「キリスト」概念とユダヤ教の「メシア」概念は同一なのであろうか。「キリスト」は、ギリシア語で書かれた『新約聖書』の「クリストス」に由来し、「メシア」は、ヘブライ語で書かれた、いわゆる『旧約聖書』の「マシアッハ」に由来する。そして、「クリストス」はヘブライ語の「マシアッハ」のギリシア語訳である。したがって、両者は同じ概念だと言われるかもしれない。字面上はそうかもしれないが、「マシアッハ」と「クリストス」の意味は、ユダヤ教とキリスト教では異なるのだ。

古代イスラエルにおいては、本来、「メシア」は神によって任命された祭司あるいは王を意味していた。国の滅亡の危機に瀕した時代に出現した預言者たちの終末思想やその後に生まれた黙示録と結びつき、さらに、ローマ帝国に対する独立運動の中から、次のような「メシア」概念が生まれ育ち、ユダヤ人の間で受け入れられるようになった。「メシア」は、ダビデ王の子孫で、この地上にかつてのダビデ王国のようなユダヤ人の国を建設するユダヤ人の指導者であり、さらに、終末において、この地上に世界平和や正義をもたらす特別な人間である。

他方、キリスト教にとっての「キリスト（メシア）」は、イエス・キリストに他ならない。ユダヤ人によるメシア待望の時代に生まれ育ったイエスは、あくまでも人間として生まれ、人間として死んだのだが、イエスの直接の弟子たちやパウロの復活体験・信仰に基づき、復活したイエスは、単なる人間ではなく神の独り子であるとみなされるようになった。

ニカイア公会議（三二五年）の決定以降は、三位一体の神となった。すなわち、父なる神、子なるキリスト、聖霊が三にして一なる神である。キリスト教徒は、イエスこそがキリストであると信仰告白する者であり、イエス・キリストを信仰することによってのみ救済されるし、すでに救済されてもいると確信している。

モーゼス・ベン・ナフマンの「メシア」概念はユダヤ教の意味であり、パブロ・クリスティアーニのそれはキリスト教の意味である。したがって、二人は、同じ言葉を用いながらも相互に異なる意味で使用していた。要するに、モーゼス・ベン・ナフマンは自らの確固たる信仰に基づいてキリスト教とは異なるユダヤ教の「メシア」概念を述べ、パブロ・クリスティアーニも自分が確信した信仰に基づいてユダヤ教とは異なるキリスト教の「メシア」概念を述べただけである。結局のところ、ユダヤ教とキリスト教は異なる二つの宗教なのだ。

論争で取り上げられた論題は、現在においても、読者の間で意見を異にするきわめて難しい問題であろう。そもそも、信仰の問題は、理性で決着がつくのであろうか。ともあれ、思想・言論の自由、信教の自由を保障する近代の民主主義社会においては、各人が良心に基づいて自らが適切だとみなす思想、信仰をもち、しかもそれを表明することができる。どんな権力者といえども、各人の思想、信仰を強制的に変更させることはできない。しかしながら、中世のカトリック社会においては、残念ながら、事態はまったくそうではなかった。

ホロコーストに対する反省が契機となり、一九六〇年代からカトリック側とユダヤ側との関係修復の試みが模索された。まず、一九六五年第二バチカン公会議で発表された宣言「キリスト教以外の諸宗教に対する教会の態度についての宣言（ノストラ・エターテ）」第四、ユダヤ教条項は画期的だった。イエスとその弟子たちがユダヤ人であることを認め、キリスト殺しの罪は全ユダヤ人が負うものでない、とした。反ユダヤ主義を公式に拒否したのである。一九八六年四月十六日、故ヨハネ・パウロ二世による初めてのユダヤ教会堂訪問が実現し、記念すべき歴史的和解が成立した。一九九〇年代に入ると、バチカンとイスラエルの外交関係も正常化した。さらに、ヨハネ・パウロ二世は、イスラエル訪問直前の二〇〇〇年三月十二日、ユダヤ人迫害を含むカトリック教会の過去の多くの罪について、公式に謝罪した。

数多く存在するプロテスタントの宗派の中には、ユダヤ教やユダヤ人、イスラエルに対してとても好意的な宗派も存在する。今後は、中世のような悲劇的な「論争」ではなく、友好的な「対話」のさらなる前進が求められよう。

ハイアム・マコービイは、二〇〇四年五月二日、多くのひとびとに惜しまれつつ他界した。一九二四年三月二十日生まれの八〇歳であった。かれは、数学チューターの息子としてイギリス、サンダーランド市に生まれた（祖父はポーランド出身で、ユダヤ教の巡回説教者としてイギリスに移住した）。オックスフォード大学バリオル・カレッジで英語学を勉強し、第二次世界大戦中は暗号解読部に所属、その後二〇年間、中学校の英語の教師を勤めた。一九七五年、レオ・ベック・カレッジの図書館員およびチューターとして任用された。一九九八年、リーズ大学のユダヤ研究センターに客員教授として招かれ、後に研究教授となった。作家としても活躍し、テレビにも数多く出演した。

本書以外に邦訳はないが、主要な著作を紹介しておく。*Revolution in Judea: Jesus and the Jewish Resistance* (1973), *Judaism on Trial: Jewish-Christian Disputations in the Middle Ages* (1981), *The Mythmaker: Paul and the Invention of Christianity* (1986), *Paul and Hellenism* (1991), *Judas Iscariot and the Myth of Jewish Evil* (1992), *Ritual and Morality* (1999), *The Philosophy of the Talmud* (2002), *Jesus the Pharisee* (2003), *Anti-Semitism and Modernity* (2004).

原書「バルセロナ論争 The Disputation」というこの戯曲は、イギリス、アメリカで上演され、好評を博した。さらにBBC放送でもドラマ化された。この戯曲が日本の演出家の目に留まり、日本でも上演されることを期待したい。

日本を誇る知性派女優であり、しかもバルセロナ論争の一方の当事者、カトリックの信者でもある村松英子さんに拙訳を事前に読んでもらったところ、「原文を読んでいないけれど、役の訳し分けにも気が遣われ、ドラマがよくわかって興味をひかれます」とのコメントをいただいた。プロの女優の立場からのお言葉は、心強い限りである。

本書の翻訳は、秋田大学欧米文化選修二〇〇五年度の「現代思想論演習Ⅵ」で、学生と一緒に、翻訳・推敲を何度も重ねながら作業をしてきた結果、生まれたものである。すべての名前を記すことはできないが、受講学生全員にこの場を借りて、お礼を言いたいと思う。

最後で恐縮であるが、本書の出版を引き受けてくださったミルトス社の河合一充氏、校正を担当してくださった谷内意咲氏に深くお礼を申し上げる。

立花希一

二〇〇七年一月八日

● 著者紹介
ハイアム・マコービイ（Hyam Maccoby 1924-2004）
英国の作家、リーズ大学研究教授、正統派ユダヤ教徒としてユダヤ教とキリスト教の関係を研究。著書多数（邦訳書なし）。

● 訳者紹介
立花希一（たちばなきいち）
1952年東京生まれ。筑波大学大学院博士課程哲学・思想研究科哲学専攻単位取得満期退学。現在、秋田大学教育文化学部教授、欧米文化講座（現代思想）。論文に、「デュエム＝クワイン・テーゼと反証主義」（『批判と挑戦』所収、未来社、2000年）など、訳書に、J. アガシ著『科学の大発見はなぜ生まれたか』（講談社ブルーバックス、2002年）などがある。

Translated from
The Disputation

● 装丁　根本真一

バルセロナの宮廷にて

2007年2月1日　初版発行

著　者　ハイアム・マコービイ
訳　者　立　花　希　一
発行者　河　合　一　充
発行所　株式会社　ミ　ル　ト　ス

〒102-0073　東京都千代田区九段北1-10-5
九段桜ビル 2F
TEL 03-3288-2200　FAX 03-3288-2225
振替口座　00140-0-134058
HP: http://myrtos.co.jp　✉ pub@myrtos.co.jp

印刷・製本　モリモト印刷　Printed in Japan　ISBN978-4-89586-148-9
定価はカバーに表示してあります。

ユダヤ人はなぜ迫害されたか

D・プレガー
J・テルシュキン
松宮克昌 訳

この問いに対して様々な理由が挙げられるが、真因はユダヤ教自体に対する反発であることを、あらゆる時代の様々な例を挙げて説明。二九四〇円

ユダヤ人の歴史

M・ディモント
平野和子・
河合一充 訳

世界中に離散したユダヤ人が出会った諸文明の挑戦と応戦とを、三幕仕立てのドラマ構成で描く。歴史の潮流を見極めるため必読の文明論。三一五〇円

イスラエル永遠のこだま

A・J・ヘシェル
石谷尚子 訳

現代の偉大なユダヤ思想家ヘシェル博士がユダヤ民族の過去、現在、未来をエルサレムを中心に叙事詩風に語る歴史と宗教の珠玉の随想集。一八三五円

テロリズムとはこう戦え

B・ネタニヤフ
高城恭子 訳

落合信彦・推薦「今日の世界の指導者の中でテロリズムと現場で戦った経験者はネタニヤフだけであろう。それだけに本書は説得力がある」一四七〇円

やさしいユダヤ教Q&A

ミルトス
編集部 編

ユダヤ人の一生、宗教生活、祝祭日等、生活の中のユダヤ教をQ&A形式で解説。その起源と意味また現在どのように守られているかも紹介。二一〇〇円